Tiara Label

ティアラ文庫

お堅い公爵様に迫ったら狼に豹変して朝まで離してくれませんっ!

月神サキ

presented by Saki Tsukigami

JN267584

プランタン出版

目次

※本作品の内容はすべてフィクションです。

序章　すれ違いの婚約者

――一体私の身に、何が起こっているのだろう。

「あっ……あっ……あっ……」

「そんなに甘い声を出して。私にはあなたの考えていることが分かりません」

四柱式の大きめのベッド。その柱には複雑な文様《もんよう》が彫り込まれている。天蓋《てんがい》からは鮮やかな色合いのカーテンが吊され、揺れていた。柔らかなリネンが時折《ときおり》素肌に触れるのが心地よい。部屋は明るく、午後のお茶が終わったばかりの寛《くつろ》ぎの時間帯。

そんなまだ日も高い中、何故か私は婚約者のシリウス様に突然押し倒され、下着を奪《うば》われて甘い責め苦を受けていた。

何がどうしてこうなったのか、さっぱり分からない。

「シ、シリウス様……ああっ！」

ベッドの上で、服を着たまま大きく足を広げるという恥ずかしい体勢を取らされた私は、悦楽に一際高い声を上げた。

きゅうっと蜜道が収斂《しゅうれん》し、埋められたシリウス様の指を締め付けるのが分かる。

「おや？　もしかしてもう、達してしまいましたか？　私に何も言わず達してしまうなんて悪い人ですね」

「あ、わから……」

私を翻弄《ほんろう》していた張本人、シリウス様が薄く笑いながら顔を上げる。

紫がかったサファイアのような青い瞳が私を捉えた。いつもは眼鏡《めがね》をしているので素顔のシリウス様を見るのは初めてだ。確かに早く素顔を見せてもらえるような関係になりたいとは思っていたけれど、まさかそれがこのタイミングだとは考えもしなかった。

硬質な冷ややかさを内包する整った容貌《ようぼう》は震えるほど美しい。ほうっと見惚れていると、一切甘さを感じられない鋭い眼差しが私をじっと見据えていた。

何がシリウス様をこの行動に走らせたのかは分からないが、ただ一つ。彼が酷《ひど》く怒っているのだけは確かだった。

「ああっ！」

ぐちゅり、と蜜口に埋められたシリウス様の長い指がある一点を擦り上げる。途端痺《しび》れるような快感が背筋をビリビリと駆け抜けた。

「あっ……そこ……駄目ですっ」

未知の快楽に首を打ち振るって訴えるも、シリウス様は全く話を聞いてくれない。

まだ足りないとばかりに指を抽挿させ、更なる刺激を加えてきた。

いやらしい水音が寝室に響《ひび》き渡り、恥ずかしくて泣きそうになる。同じ場所ばかりを何度も責められ、その度に腰が跳ね、足がピンと伸びる。

「あっ……ふっ……」

「あなたのここは駄目だなんて言っていませんよ。私の指を銜《くわ》え込んで、もっと欲しいと貪欲《どんよく》に蠢《うごめ》いています」

「そ、そんなこと……」

言っていない。だが、シリウス様は私の言葉など信じられないとばかりに指をもう一本ねじ込んできた。咄嗟《とっさ》にリネンを握りしめる。

「んあっ……あああっ」

狭い隘路《あいろ》に指が二本。痛くはないが、違和感ときつさに顔を歪《ゆが》める。

「嫌なら嫌だと言ってもいいのですよ。……止めてあげませんが」

「……言いません」

シリウス様の言葉に、私は首を横に振った。

どうしてこうなったのかさっぱり分からなかったが、大好きなシリウス様にようやく触れてもらえたのだ。嫌だと思うはずがなかった。

ちょっと私の想像していたものとは違ったけれど。

できれば、優しく甘やかされながらその時を迎えたいと思っていたけれど。

それでもシリウス様が望んでくれるのならば、私は何もかもを差し出す覚悟はとうの昔にできていた。

――十年前。初めてシリウス様に会い、そして恋に落ちた時からずっと。

こうして彼に抱かれることを夢見てきたのだから。

第一章　つれない男の振り向かせ方

その日は、私の十歳の誕生日だった。

私を可愛がってくれていた父は娘の祝いだと盛大な誕生日会を開き、私を心から祝福してくれた。

所領にある侯爵家の屋敷の庭を開放してのガーデンパーティー。

ブラン侯爵家の当主であり、国の宰相《さいしょう》でもある父の機嫌を取りたいのだろう。やってきた人たちの中には初めて見る顔も大勢いた。

そんな中、背中に大きなピンクのリボンがついた新調したばかりのドレスに身を包んだ主役である私は、父の後ろにまるでひっつき虫のようにぺたりと張り付いて離れなかった。

唯一とも言える友人は両親と旅行中で今日は来ていない。つまり私の直接の知り合いなど殆《ほとん》どいないも同然だった。父に張り付いていたのは有り体に言えば、単純に寂しかったから。だが、それ以上に怖いとも感じていた。だって見知らぬ人たちが次から次へと笑顔でおめでとうと言ってくるのだ。

この人たちは私のことを何も知らない。なのにどうして笑顔で祝うことができるのだろう。貼り付けたような笑みが恐ろしくて、でも父の厚意を無下《むげ》にするのも嫌で、結局父の側から離れることができなかった。

そんな時だ。しゃがみ込んで、私に視線を合わせてくれた男の人がいた。

「あなたがヘリオスの妹のセレネ嬢ですか？」

「えっ……？」

「こんにちは」

綺麗な青い瞳が印象的だった。少し紫がかった宝石のような瞳とすっきりとした白磁《はくじ》の如き美貌《びぼう》に見惚れ、私は一瞬息を止めた。そんな私に笑い混じりの声が掛かる。

「なんだお前、シリウスに見惚れているのかい？」

そう言って、男の人の隣に立ったのは私の兄だった。

私と同じ金髪《きんぱつ》に琥珀《こはく》色の瞳を持つ四つ年上の兄は、王都トランに本部がある騎士団の寄宿舎に入っている。今日は私の誕生日だからと馬を飛ばし、無理をして駆けつけてくれたのだ。

初めて見た騎士服は青を基調としたものだったが、兄にはよく似合っていた。

「お兄様」

「誕生日おめでとう、セレネ。こんな格好で悪いね。すぐに戻らないといけないから」

王都トランと侯爵領は少し距離がある。日帰りできる程度ではあるが、だからこそ帰らなければならないのだと兄は笑った。

「いいえ、来て下さっただけで十分です。ありがとうございます、お兄様」

忙しいのは重々承知だ。手紙だけでも良かったのに、わざわざ来てくれた。その気持ちがとても嬉しかった。

兄に礼を言いつつ、隣へちらりと視線を送る。その意味を正しく理解した兄は、ああと納得したように頷いた。

「お前はまだ会ったことがなかったよね。彼は僕の親友。シリウスだ」

シリウスと呼ばれた男の人がゆっくりと立ち上がる。そうして丁寧《ていねい》に礼をしてくれた。

「初めまして、セレネ嬢。私はシリウス・ノワールと言います」

「名字で分かると思うけど、シリウスはノワール公爵家の一人息子だ。今日は僕の妹が誕生日だからってわざわざ王都から一緒に来てくれたんだよ」

さらりと情報を追加してくれた兄に感謝の視線を向けつつ、私は家庭教師に教わった通り、シリウス様に挨拶《あいさつ》をした。

ドレスの端を持ち、慣れないながらも淑女として恥ずかしくない態度で口を開く。

「ご挨拶が遅れ、申し訳ありません。初めまして。セレネ・ブランと申します。遠い中、わざわざありがとうございます」

「いいえ。こんなに可愛らしい淑女に会えると分かっていれば、ヘリオスの一時帰宅の度についてくるんでしたよ。後悔しているところです」

「まあ、シリウス様ってば」

冗談だと分かっていても嬉しい言葉に頬が染まる。

シリウス様は金糸で刺繍《ししゆう》が施《ほどこ》された黒のジュストコールとジレを着ていた。白のクラヴァットは身分の高さが分かる複雑な結び方で、華やかな印象を与えている。見た感じ、兄と同じくらいの年。

背は少し兄よりも高いだろうか。

殆ど黒と言ってもいい濃紺の髪は首の辺りで短く切りそろえられ、清潔感があった。先ほど私を虜《とりこ》にした青い瞳は優しい光を宿している。

見ているだけでドキドキと心臓が高鳴るのが分かった。

ほうっとただ見惚れていると、ひっつき虫だった私がついてきていないことに気づいたのだろう。父が慌てて戻ってきた。

「すまない。セレネ。てっきりついてきているものだとばかり……。ああ、ヘリオス。お前も帰ってきていたのか」

兄の顔を見た父は破顔《はがん》した。兄も笑って言う。

「妹の十歳の祝いなのですから当然です。もう少しお邪魔してからトランへ戻ります」

「うむ。それがいい。……おや、シリウス殿ではないか」

隣にいるシリウス様に気づいた父が、目を瞠《みは》る。

兄が、実はと手を挙げた。

「僕が誘いました。いけませんでしたか？」

「いいや、珍しい人物を見たと思っただけなのだが、考えてみればお前と彼は仲が良いのだったな。シリウス殿。よく来てくれた。ゆっくりしていってくれ」

シリウス様は落ち着いた口調と態度で父に向かった。

「真っ先にご挨拶に伺うべきところ申し訳ありません。父からもお噂は兼がね」

「今日は娘の誕生日なのだ。最初に娘に挨拶をするのが正しい。気にすることはない」

「ありがとうございます」

父はしばらくシリウス様を不躾《ぶしつけ》に眺めていたが、やがて一つ頷いた。

「君ならば良いだろう。すまないがシリウス殿。しばらく息子と一緒に娘の相手をしてはもらえないか。少々厄介な客が来ているものでね。娘を連れて行きたくはないのだ」

「お父様？」

父が言う意味が分からず見上げると、大きな手が私の髪を撫でた。いつもなら嬉しいのだが、今日は綺麗に髪を上げているのであまり触らないで欲しい。

「お父様、髪の毛が乱れてしまいます」

抗議すると父は、すまんすまんと手をどけた。

「私は少しばかり用事がある。セレネ。しばらくの間、ヘリオスとシリウス殿と一緒にいなさい。分かったね」

「はい……」

父が一瞬厳《きび》しい顔つきをしたことに気づき、私は行かないでくれという言葉を呑み込んだ。父は良い子だと私の肩をぽんと叩き、礼装を翻《ひるがえ》して足早に去ってしまった。

兄が私に向かって言う。

「せっかく父上が居ないんだから休憩にしようか。場所を移すよ。お前も知らない人間がたくさんいるところは嫌だろう？」

シリウス様も言い添えた。

「セレネ嬢でなくとも嫌だと思いますよ。欲の皮が突っ張った連中ばかり。こんなところにいれば、取り入ろうとする奴らに囲まれて何もできなくなってしまいます」

「確かにそうだね。ほら、セレネ。さっさと行くよ」

「はい」

兄たちに優しく促され、パーティー会場を抜け出す。会場として開放している更に奥にある庭の方へと足を運んだ。

　人はどんどんまばらになり、奥庭の鉄門をくぐり抜けると私たちの他には誰もいなくなった。奥庭に設置されている白い大理石でできた四阿《あずまや》に皆で腰掛ける。

「やれやれ。父上も頑張ったんだろうけど、これじゃあ王都の夜会と何も変わらないよ」

　座った途端兄がぶつぶつと文句を言った。それに苦笑して応じるのはシリウス様。

「宰相閣下が侯爵領に置いてきた娘を溺愛しているのは全員が知るところですからね。祝いに駆けつけてアピールしたいのでしょう」

「アピールねえ。どうせ息子の結婚相手に、なんて名乗りを上げたいだけだろうに。早いところ唾をつけて、まずは婚約者にでも……か。ふうん、常套《じょうとう》手段だけど自分の妹にされると思うと腹が立つなあ」

「お兄様？」

　結婚相手という聞き捨てならない言葉に反応する。

　私は今日十歳になったばかりではあるが、早い子だとすでに婚約相手がいてもおかしくない年でもあった。

　自分がその渦中にいたのだと分かり、不安が這い寄ってくる。それが表情に表れてしまったのだろう。兄が宥《なだ》めるような口調で言った。

「大丈夫だよ。お前の嫌がるような婚約は僕も父上も許さないから。セレネは心配しなくていい」

「でも……」

「そうですよ。あまり相手がしつこいようでしたら遠慮《えんりょ》なく私の名を出して下さい。婚約相手はシリウス・ノワールだと言えば相手も引くでしょう」

とんでもないことを平然と告げるシリウス様に、私と兄の視線が集まる。

最初に声を上げたのは兄だった。

「おいおい、シリウス。一体何を言っているんだ。もしそんなことを口にすれば、冗談では通らなくなってしまう。お前も分かっているんだろう⁉」

「ええ、勿論分かっています。冗談ではありませんから」

「お前……まさか」

何かに思い当たったのか、兄が驚愕《きょうがく》の表情を浮かべる。

シリウス様は立ち上がるとその場に跪《ひざまず》いた。突然の出来事に目を丸くすることしかできない。

「セレネ嬢。あなたが大きくなり結婚できる年になったら……どうか私と結婚して下さい」

「え……」

目だけでなく、ぽかんと大きく口を開けてしまった私は、さぞや間抜けな顔になっていることだろう。でも、驚いたの一言では済まないくらいには、私は吃驚《びっくり》していた。

「シリウス様？」

「勿論先ほど提案した通り、あなたの盾として利用してもらっても一向に構いません。ですが私は本気です。どうか約束を。あなたが二十歳。このリヴァージュ王国で成人だと認められる年になったら、私と結婚して下さい」

「シリウス！」

兄が諫《いさ》めるような声を出したが、シリウス様はそれには答えなかった。ただじっと私を見つめてくる。その瞳に自分が映っていると思うだけで、心臓が苦しいくらいに痛くなった。

「……シリウス様が私の旦那様になって下さるのですか？」

「ええ。これでも私は爵位を継ぐ予定がありますから。あなたに不自由はさせないと約束しますよ」

にっこりと微笑まれ、顔が熱を持った。冷たい色を宿す双眸《そうぼう》は今は柔らかな温度で私を搦め捕ろうとしている。

恥ずかしくなり少しだけ視線を逸らす。

季節は春。穏やかな日差しが降り注ぐ明るい庭には、春の花々が楽しげに咲き誇っている。特に薔薇《ばら》は見頃を迎え、どの場所でもその存在を主張していた。

四阿の周りには赤い薔薇とピンクの薔薇が特にたくさん植えられており、私の前で跪くシリウス様がまるで薔薇の王子様のようにも見えた。

「セレネ嬢？」

返事を――と視線で私に訴えるシリウス様。

隣にいた兄は呆れたような顔をしていた。それでも止める様子は見えない。

私は真っ赤になった顔のままこくりと小さく頷いた。

「……シリウス様がよろしいのでしたら」

「ええ、勿論。私はあなたが良いのです」

私の右手を取り、口づけるシリウス様。その姿が私には神々《こうごう》しく見えた。

この素敵な方が将来私の夫になるのだ。

そう思うと、今度は心臓が勢いよく鼓動を打ち始めた。

一連の流れ全てを見ていた兄が「はいはい」とシリウス様と私を引き離す。

そして二人でコソコソと話し出した。

「シリウス。行動が早すぎるよ。最初は僕とここに来るのも嫌がっていたくせに、一体どういう風の吹き回しだい？」

「運命の出会いを演出してくれたわけですから、今は感謝していますよ。将来はあなたが私の義理の兄になるわけですね。どうぞお手柔らかに」

シリウス様の言葉に兄が少し顔を歪めた。

「年上のお前に義兄《あに》なんて呼ばれたくないけど。それよりシリウス。お前、まさか十歳のセレネにほぼ強引に約束を取り付けて、それで無事婚約できるだなんて思っていないだろうね。妹と婚約したければ父上の了承を取ってもらうよ」

兄が語気を強めると、シリウス様も真顔で頷いた。

「勿論です。私の父にも話を通しておきましょう」

「ノワール公爵は反対したりしないのかい？」

「ええ、私が結婚したい相手がいると言えば、それだけで諸手を挙げて賛成してくれると思いますよ？　セレネ嬢は身分も問題ありませんし、こちらは滞りなく」

「そういえば、見合い相手を次々用意されるのが嫌でふさぎこんでいたんだったね。はあ……それで逃げた先でよりによって妹に目をつけるとは。気分転換ができればと思ったけど、連れてくるんじゃなかったかな」

溜息を吐く兄。シリウス様はにこりと笑って、私の方へやってきた。

「セレネ嬢。きっと宰相閣下のお許しを得て迎えに行きますから、きちんと待っていて下さいね」

その言葉に返す答えは一つしかなかった。

眩しい微笑み《み》に再度魅せられた私は、何度も頷いた。

「はい、シリウス様。私、シリウス様をお待ちしています」

「……父上がそう簡単に許すとは思えないけど」

しーらない、と呟《つぶや》く兄。

約束だと再度手の甲に口づけてくれるシリウス様。

柔らかな唇の感触に、私は頭から湯気が出そうなくらい恥ずかしくなったが――同時にとても嬉しかった。

私だけの王子様。シリウス・ノワール様。

彼が婚約者として私の目の前に現れる日はいつだろう。

それだけを楽しみに、私は自分を磨きに磨いた。

全てはシリウス様に相応《ふさわ》しい妻となるため。

だけどそれから十年。その間、ただの一度もシリウス様が私の前に姿を見せてはくれなかった。

◇◇◇

「今夜はお前が成人して初めての夜会だ。しっかり気合いを入れて行きなさい」

「はい、お父様」

父の言葉に頷き、その腕から手を離す。

緊張しているのかそれとも武者震いなのか、身体が勝手にふるりと震えた。

それに気づいた父が苦笑する。

つい先日、私は二十歳の誕生日を迎えた。

そしてそれを機に父の所領から出て王都の屋敷に居を移すことになったのだ。

王都には今までにも何度か用事で訪れていたが、夜会に出席することは殆どなかった。

ほぼデビュタント以来となる王都での夜会に、今日は朝からずっとドキドキしっぱなしだ。

場所はリヴァージュ王国アルシペル王宮の大広間。月に一度行われる王宮の夜会。

大広間の扉は開け放たれ、入退場が自由になっている。

天井からいくつも吊されたクリスタルのシャンデリアが広間を照らし、まるで昼間のように明るく輝いていた。

王宮楽団が軽快なワルツを奏でている。ホールの中央はダンスフロアになっていて、誰もが自由にダンスに参加していた。私と同じ年頃の女性たちの纏《まと》うドレスは色鮮やかなものが多く、我も我もと自己主張しているようにも見える。

——派手だと思ったけれど、丁度良かったかもしれないわ。

王都にある侯爵邸に勤める侍女たちに着せられた派手な赤い半袖のドレス。

襟ぐりが深く、ウエストをきゅっと絞った艶やかなものだ。

貴重な宝石をいくつもあしらい、胸元にも大きなサファイアが揺れている。これは先日、成人の誕生日に兄から贈られたものだった。白いレースの長手袋もとても繊細《せんさい》なデザインで気に入っている。

髪は丁寧に梳《くしけず》られ、少しだけ編み込みを入れてある。髪飾りには生花を利用していた。ピンヒールの靴はあまり慣れないけれど、自然と気合いが入る。

向こうの夜会では浮いてしまうこと間違いなしのこの格好を最初に薦められた時はどうしようかと思ったが、今は彼女たちに従って良かったと安堵していた。

所領で着ていたような地味なドレスではそれこそ悪目立ちしてしまう。

「はあ……」

所在なげに壁にもたれる。

何人かからダンスの誘いも受けたが、踊る気はなかった。

というのも今日私がこうして夜会にやってきたのにはきちんと理由があるからだ。

「シリウス様……」

愛おしい人の名前を呟く。十年前、私に求婚してくれた人。

迎えに行くから待っていてくれと言って、手の甲に約束のキスをくれた人。

でも、それから十年。殆ど音沙汰のない人。

最初は素直に待っていた。いつ父の承諾を得て、婚約式を迎えることになるのだろうとドキドキしていた。シリウス様を想い、眠れぬ夜だって過ごした。

シリウス様に相応しい女性になろうと、勉強も礼儀作法も手を抜いたりはしなかった。

だけど、待てど暮らせどシリウス様は迎えにきてはくれなかった。

ただ毎年、私の誕生日に赤とピンクの薔薇の花束を贈ってくれるだけ。せめてメッセージカードくらい欲しかったが、それすら入っていなかった。

赤とピンクの薔薇はあの時、シリウス様が私に求婚してくれた時に咲いていた花だ。

これを毎年贈ってくれるということは約束を忘れていないのだと言われているように思えて、私は必死で不安に思う気持ちを吹き飛ばしていた。

それでも数年前に一度だけ、帰省していた兄に相談したことがある。

シリウス様はどうしているのかと聞いた私に、兄は困ったような顔で言った。

「あいつは今、自分の目的のために頑張っているんだよ。いいかい、セレネ。シリウスは迎えに行くから待っていろと言ったのだから、くれぐれもお前の方から連絡を取ろうとしてはいけないよ」

「勿論、シリウス様のお言いつけ通り、待つつもりでいます」

「うん、それならいい。あいつは今、大事な時期だからね」

兄の言葉はよく分からなかったけれど、シリウス様がとても忙しいことだけは理解した。

それに考えてみればシリウス様は、先日正式に公爵位を継いだばかりなのだ。暇なはずがなかった。

忙しいのならわがままを言って困らせてはいけない。

決して裏切られたわけではないのだから。

兄によればシリウス様の美貌は更に磨きが掛かり、王都の女性の心をわしづかみにしているらしい。だが、夜会で誰の相手もしないシリウス様に話しかけられるような強心臓の女性は存在しないとのことで、結局遠巻きにされているだけだそうだ。

浮気をしているわけではないから、どーんと構えておくといいよ。そう言われその時は引いたが、ますます素敵になっていると聞けばやはり一目でもいい。会いたいと思ってしまう。

じっと我慢していたもののやがて十年が経ち、不安は色濃くなってしまった。

結婚して欲しいと言われた年齢になってしまったのだ。耐えきれなくなった私はついにこの間、兄にこっそり頼んでしまった。

シリウス様が出席する夜会を教えて欲しい、と。

目を丸くした兄は「そろそろいいか」と楽しそうに笑って二つ返事で頷いてくれた。

こうして私は父には真意を告げず、今夜の夜会に行ってみたいと頼み込み、やってきたわけなのだが。

国王と王妃は最初の一曲だけ踊ると早々に退出した。今日の夜会は堅苦しいものではない。二人は義務として顔を出しただけだ。

ちらりと確認すると父は他の出席者たちに囲まれていた。国王夫妻が退出したのだ。宰相である父に人が群がるのは当然だった。

この隙にシリウス様を探そうと私は壁から身を起こしたのだが、丁度良いタイミングで声が掛かった。

「セレネ。ごめん、お待たせ」

「お兄様」

急いだ様子でこちらへやってきたのは兄だった。白を基調とした夜会服を纏った兄に周囲の視線が集まる……がすぐに逸らされた。

今年二十四になる兄は、騎士であると同時に国王親衛隊の隊長でもあった。

五年前に即位したばかりの国王と兄は年も近く親しい友人でもある。

国王が即位した折、彼のたっての頼みで親衛隊の隊長に就任したのだが、どうやら親衛隊の業務が性に合っていたらしく、騎士として過ごしていた時よりも生き生きと楽しそうだ。

童顔で下手をすれば未成年に見えてしまうような優しげな容貌の兄だが、剣術の腕前は隊長を任されるだけのことはあり、王国最強と名高い。

冷酷無比《れいこくむひ》、表情一つ変えず人を刺し殺す男。

その素早い剣筋は誰にも見切れず、閃光《せんこう》が走ったと思った時にはすでに相手は事切れているという。

基本的ににこにこしている兄ではあるが、怒らせると怖いという噂も広まっており、周りからは敬遠されがちだ。かなりの美貌を誇るだけに勿体ないとは思うが、兄には似合いの婚約者もいるし、友人にも恵まれている。本人も全く気にしていないようだし、私がとやかく言うことではないと理解している。

今も兄に気づいたものの、気まずげに目を逸らしてしまった者が何人か。

兄も分かっているのだろう。

何か後ろめたいことでもあるのかな、と楽しそうに呟いていた。

「お、お兄様。そ、それで？　シリウス様は？」

兄の袖をひっぱり、一番聞きたかったことを尋ねる。兄は目を瞬《またた》かせると、視線を別の方向へ向けた。

「ああごめんね。大丈夫、ちゃんとあいつも来ているから。ほら、見えるかな。あそこだよ」

「どこですか……っ！　……ああ」

兄の視線を追い、私はついに十年来の想い人の姿を発見することに成功した。

「シリウス様……」

十年前に会った時と同じような黒の夜会服を身に纏ったシリウス様は、私にはまるで光り輝いているかのように見えた。

少年の面影は完全に消え、どこから見ても大人の男の人にしか見えない。

厳しい威厳《いげん》を帯びた品のある顔立ちはさすが若くして公爵として立つ存在だと思った。

あの時見惚れた切れ長の紫がかった青い瞳は更に輝きを増していたが、鋭さも同時に増し、怜悧《れいり》な印象を与えている。目が悪くなったのか、スクエアタイプの眼鏡を掛けていたが、それがまたシリウス様にはやけに似合っていた。

「はう……素敵」

兄がいることも忘れ、ただシリウス様に見惚れていた。

私が覚えているシリウス様は髪を短めに揃えていたが、今もそれは同じらしい。前髪は長めで少し斜めに流していたが、それがなんとも色気を誘った。

形の良い鼻梁《びりよう》に男らしく引き締まった薄い唇。すっと背筋を伸ばしたシリウス様の立ち姿はとても美しく、感嘆《かんたん》の溜息が止まらない。

「やっぱり駄目。シリウス様……素敵。格好良い」

「おーい、セレネ。大丈夫かい？　ぼうっとしていないで、戻っておいで」

うっとりとシリウス様を観察する私の目の前で手をひらひら振る兄。

ああもう、邪魔だ。

私は目の前に現れた兄の手をていっと払いのけた。

兄が呆れたと息を吐く。

「……せっかく協力してやっているのに酷い妹だね……十年会っていないのに、それでもお前はまだシリウスが好きなのかい？」

「ええ、勿論です」

兄の質問にはっきりと頷いた。

本当は、少しだけ心配していたのだけれど。

兄の言う通り、十年顔を合わせていない相手だ。自分の中の気持ちも正直行き場を失いかけていた。

このまま彼を愛し、待ち続けて良いものかと考え出していたのは事実だった。

そのこともあり、今回どうしてもシリウス様に会いたかったのだ。自分の気持ちを確認したかった。

そして結果は大成功。

やはり私にはシリウス様しかいないのだと確信することができた。

兄がまだ何か言っているようだったが、私は無視した。

シリウス様を眺めること以上に大事な用事などなかったからだ。

シリウス様は昔も背が高かったが、今では更に高くなったようだ。

今のように兄と並ぶとよく分かる。兄より頭一つ分は高い。

「あら？」

そう思ったところで我に返った。いつの間にか目の前にシリウス様がいたのだ。しかも兄と並んで。兄は楽しげにくくくと喉で笑っている。

「だからシリウスが来るよって教えてあげたのに、お前は聞いてないんだもんなあ」

「お、お兄様」

シリウス様に見惚れるのに忙しくて近づいてきたことすら気づかなかったなんて。とんだ不覚に消え入りたくなるくらい恥ずかしくなった。

小さくなっていると、硬質な声が響く。

「セレネ嬢？　何故こんな場所に？」

「え……」

誰が聞いても分かるくらいの不機嫌な声。私は慌てて顔を上げた。

凍えそうなほど冷たい目をしたシリウス様が私を見下ろしている。

「シ、シリウス様……私は……」

「あなたが夜会にくる必要などないでしょう。それともああ……もしかして男でも漁りにきましたか？」

予想もしなかった言葉に絶句する。まさかシリウス様にそんなことを言われるとは考えもしなかったのだ。

狼狽《うろた》える私に、兄が眉を顰《ひそ》めながら口を開く。

「ちょっと、シリウス。それさすがにあまりじゃないの？」

「うるさいですよ、ヘリオス。どうしてセレネ嬢を連れてきたのです」

「どうしてってねえ。セレネがそれを望んだからに決まっているけど」

途端、ぎろりとシリウス様に睨みつけられ、私はひっと身体を震わせた。

眼鏡の奥の青い双眸は鋭く、彼が不快を訴えていることが分かってしまう。

私、シリウス様を怒らせてしまった？　そう思うと、とても悲しくなってしまった。

涙がじんわりと滲《にじ》む。それを堪えながら私はシリウス様に頭を下げた。

「ご、ごめんなさい。シリウス様。私ご迷惑を掛けるつもりなんて……」

「……あなたが迷惑だなんて一言も言っていません。こんな場所に出てくるなと言っているだけです」

そう言い、シリウス様は何故か周囲を鋭い目で見回した。まるで縄張りを主張するかのような態度。どうしてシリウス様がそんなことをするのか分からず、私は首を傾げた。

「シリウス様？」

何故か兄が我慢できないと声を上げて笑い始める。

「ふふふっ……大丈夫だよ、シリウス。ちゃんとお前の不安は先に取り除いておいたから」

「どこまで信用していいものやら」

「この件に関しては本当だよ」

よく分からない会話をする二人。一瞬シリウス様が変わってしまったのかと思ったが、こうして兄との会話を聞いているとシリウス様はあの頃と何も変わっていないように見えた。二人を見て思う。

もしかしたらシリウス様も私と同じように不安に思っているだけなのかもしれない、と。だってあれから十年も経っている。

私の気持ちが分からなくて、つい先ほどのようなつれない態度を取ってしまったのかもしれない。あれは彼の本意ではなかったのだ。

そう思い至り、私は一人頷いた。

うん、きっとそうだ。シリウス様も私と一緒。戸惑《とまど》っているだけに違いない。

私だってシリウス様があまりにも格好良くなっていて、もう一度一目惚れしてしまったくらいなのだから。

十年前のまだ幼かった自分が、いわゆる一目惚れというものをしていたのはきちんと理解していた。そして久方ぶりに会った彼に、もう一度一目惚れ……いや、二度惚れとでも言えば良いのか——してしまったことも。

鋭くなった目つきも、すっきりとした頬のラインも、昔のままの白い肌も。

話す声すら愛おしい。尾てい骨に響くような低音を聞いていると、あの頃のように心臓が早鐘《はやがね》を打つ。ばくばくしすぎて、破裂してしまいそうだ。

近くで見るシリウス様の破壊力は抜群で、格好良すぎて正直気絶してしまいそうだった。

ああ、シリウス様。お慕いしています！　あなただけをずっと！

そう思い、はっと気がついた。

そうだ。この気持ちをそのまま伝えればいいのだ。

そうすればきっと誤解も解ける。私が今も変わらずシリウス様を想って待っていることを理解してもらえる。

この溢れんばかりの気持ちを直接シリウス様にぶつければ良いのだ。

「あのっ……！」

「はい……？」

突然声を出した私に、戸惑ったような表情で振り返るシリウス様。

それでも昔ほど表情は変わらない。

一度会っただけだが、あの時はもっと様々な表情を見せてくれたのに。

そう思うと切なくなる。胸がぎゅっと締め付けられるように痛くなる。折れそうになる気持ちを堪え、私は必死で自分を奮《ふる》い立たせた。

いや、これからだ。私がこれからあの日のシリウス様を引き出していけばいいだけなのだ。

私はきゅっと唇を噛み締めた。覚悟を決め、口を開く。

「シリウス様。わ……私、今も変わらずシリウス様をお慕いしていますっ」

◇◇◇

「は？」

勇気を出して想いを告げたにもかかわらず、返ってきた答えはこれだった。

少しだけがっかりする。でも、頑張ろうと決めたばかり。

私はシリウス様に一歩近づき、その目をじっと見つめた。

眼鏡の奥。美しい青の双眸が戸惑ったように私を見つめるのがたまらない。ぞくぞくする。その気持ちのままに告げた。

「好きです。大好きなんです、シリウス様。私、あなたの全てを愛しています。迎えにきて下さると仰っていたのに、お待ちしておりましたのにどうして来て下さらなかったのですか？」

「そ、それは……」

気まずげに視線を逸らしてしまったシリウス様。私の行動を見ていた兄が我慢できないとばかりに笑い出した。

「ははは。何を言い出すかと思ったら、僕の妹は積極的だね。だから言ったじゃないか、シリウス。妹は大丈夫だって」

「ヘリオス……他人事だと思って」

じろりと兄をねめつけるシリウス様。少しだけ頬の辺りが赤いように見えるのは気のせいだろうか。

ああ、でも、どうせならその視線も私に向けて欲しい。

うっとりとシリウス様を見つめつつ、兄が羨ましくて少し睨みつけると、兄は更に笑いながら肩を竦《すく》めた。

「ほらほら、妹が僕を射殺さんばかりに睨みつけているじゃないか。大体僕は中立の立場だって何度も言っているだろう。間に合わなかったお前が悪いよ」

「……もう少しなのです」

「お前が頑張っているのは皆知っているから。だからそのままにしてあるだろう?」

「当たり前ですよ。ここまできて、なかったことにされてはたまりません」

兄とシリウス様の会話の意味が分からない。

首を傾げていると、シリウス様がこちらを向いた。

「とりあえず、今日はもう帰って下さい。こんなところにいてはいけません」

「え?」

告白したことは無視され、ただ帰れとだけ告げられた。

まさかそう言われるとは思わず目を瞬かせる。シリウス様はもう一度念を押すように言った。

「帰って下さい。大体その格好はなんです。襟ぐりは開きすぎだし、はしたない」

「はしたない……」

せっかく綺麗にしてもらったのに。

確かに向こうの夜会と比べれば少々派手だとは思うが、こちらでは浮いているようには見えなかった。むしろ地味なくらいだと思ったのに。

少しくらい綺麗になったと言ってもらえるかと期待していただけに、シリウス様に告げられた言葉はショックだった。

呆然《ぼうぜん》としていると、兄が大きく溜息を吐いた。

「お前の言いたい意味は分かるけどね。ちょっとさすがに看過できないかなあ。ほら、セレネ。少し外へ出よう。陛下が久々にお前に会いたいと仰っていたよ」

「陛下が?」

兄の言葉を聞き、顔を上げる。

兄と親しいこともあって国王には随分とよくしてもらっている。その国王が会いたいと言ってくれているのなら会わない理由がなかった。

「分かりました。あの……シリウス様。お見苦しいところをお見せしました」

「……」

シリウス様はもうこちらを見てはいなかった。それを寂しいと思っていると兄に行こうと促される。後ろ髪を引かれる思いで、私は兄と共に会場を後にした。

◇◇◇

悄然とした気持ちを抱えながら、兄と二人で国王の私室へと続く回廊を歩く。

国王と会う時はいつも彼の私室で、王妃も一緒にいることが多い。

まだ懐妊の知らせはないが国王と王妃はとても仲むつまじく、私もいつかシリウス様とこんな風になれたらいいなあとこっそり憧れていた。

俯きながら歩いていると、兄が慰めるように言った。

「シリウスのことは気にしなくていいから。あいつ、どうせ照れているだけなんだからさ」

「お兄様」

顔を上げると兄の真剣な瞳と視線が合った。

「今日のお前は本当に綺麗だよ。会場中の男どもの目を釘付けにしていた。どうせそれが気に入らなかっただけなんだ」

だから本当に気にしなくていいと言われ、私は曖昧《あいまい》に頷いた。

もしそれが真実ならどれだけ嬉しいだろう。

歩き慣れた回廊を通り抜け、更に奥へと進む。話が先に通っているので警備兵たちも、ちらりと私たちに視線を向けるだけで何も言わない。

「ほら、元気を出して。お前が悩むようなことはないよ」

「はい、お兄様。ありがとうございます」

「本当にねえ。僕の可愛い妹にこんな顔をさせるなんてシリウスの奴、後でがつんと言ってやらないと気が済まないな」

「ふふっ。お兄様ったら」

「……冗談じゃないんだけどね？」

くすりと笑うと、兄の物騒な台詞《せりふ》が続いた。そうはいっても、シリウス様と兄は仲が良い。喧嘩するようなことにはならないはずだ。

兄が部屋の扉をノックするのを見つめる。

父にはあらかじめ、国王に呼ばれていることを兄が伝えておいてくれたらしい。

馬車を呼んであるから後で一緒に屋敷に帰ろうと言われて頷いた。しばらくすると入室を許可する声が聞こえ、私たちは部屋の中へと入った。

いつものことながらまばゆい輝きに圧倒される。

黄金の間と言ってもいいほどふんだんに金が使用された国王の私室は恐ろしいほどの威圧感があった。

白い壁には隙間がないほど黄金で彫刻が施され、王家の紋章を組み込んだ石膏細工《せっこうざいく》の天井から吊されたシャンデリアもまた、金とクリスタルでできている。大理石でできた暖炉《だんろ》の上にはこれまた金で装飾された時計が飾られ、その両脇には黄金の燭台《しょくだい》まであった。

大きな鏡も金で縁取りがしてあって、どこを見ても目が潰れそうなくらいに眩しい。

背の高い窓に掛けられたカーテンだけは薄いグリーンだったが、その裾もよく見ると金糸で縫い取りがしてある。とにかく黄金尽くしなのだ。

そんな部屋でも負けることなく存在感を放つ二人。

それがリヴァージュ王国二十三代目国王ゾディアック・リヒト・リヴァージュ陛下と、その妻ラクテ王妃。二人は先ほど見た夜会服のままで私たちを迎えてくれた。

「よく来てくれた。わざわざ立ち寄ってもらってすまない。ラクテがお前に会いたがっていたのだ」

「いいえ、私も嬉しいですから。ご無沙汰《ぶさた》しております、陛下、王妃様」

丁寧に挨拶するも、いつも通りそんなものは要らないからこちらへこいと招かれる。

兄と共に近くに寄れば、王妃が嬉しそうに私を抱きしめた。

「セレネ、久しぶりね。成人おめでとう。これであなたも大人の仲間入りね」

「ありがとうございます、王妃様」

「そんなにかしこまらないでちょうだい。私はあなたのことを妹のように思っているのだから」

「それは私もだな」

王妃の言葉を受けて国王も同意するよう頷く。

兄と国王が仲が良いこともあって、私は国王にまるで妹のように可愛がられていた。曰く妹が欲しかったとのことだったのだが、何故かそれに王妃も参戦してきたのだ。

私の三つ年上で、二年前に嫁いで来た金髪碧眼《へきがん》の王妃は元は隣国の王女。妹姫が一人いるのだが、王妃曰く私と雰囲気《ふんいき》が似ているらしい。

初めて会った時、いきなり抱きしめられたのには驚いた。それからは国王と二人して私を可愛がってくれている。

一通り挨拶が済んだところで主室にあるソファに移動する。

このソファも肘掛け部分が金である。象眼《ぞうがん》細工のテーブルの上にはすでにお茶が用意されていた。ジャスミンの香りが芳《かんば》しい。

お茶を飲みながら国王や王妃が望むままに話していると、そういえばと国王が思い出したように言った。

「今夜の夜会は、シリウスも来ているのではなかったか？」

「あら？」

国王の言葉に隣に座っていた王妃が身を乗り出した。

この二人は私が十年シリウス様を待っていることを知っている。特に国王はシリウス様も含め、兄と三人で仲が良い。こっそりシリウス様の情報を教えてくれることも多いのだ。

期待に満ちた二人の顔。何か進展があったのかと興味津々なのが分かる。だが残念ながら話せることは何もない。

黙ったまま少し俯くと、私の代わりに兄が口を開いた。

「お二人とも。丁度良かった、ちょっと聞いて下さい。シリウスの奴酷いんですよ」

「お、お兄様？」

突然何を言い出すのかとぎょっとしながら隣に座った兄を見ると、恐ろしいことにその目は全く笑っていなかった。兄の言葉を聞き、国王夫妻も興味を示したようだ。

「ほう？　何があった。聞かせろ、ヘリオス」

「ええ是非。私にも聞かせてちょうだい」

二人がそう言うのなら私に止めようもない。変なことは言わないで欲しいとはらはらしながら兄を窺《うかが》っていると、兄は先ほどあった出来事をほぼ全てばらしてしまった。

二人は驚いた顔で否定するように首を振っている。

「まあ……それはシリウスが悪いわ」

「誤解されても仕方ない。私でもそんなことはしないぞ」

二人の言葉を聞いて、兄はうんうんと何度も頷いた。

「ですよね。やっぱり後で僕の方からちょっと言っておくことにします」

「お、お兄様。そんな、シリウス様は何も悪くありませんわ」

兄の機嫌悪そうな気配を感じ取り、私は慌てて兄の服の裾を摑んで訴えた。

もし兄に打ち据えられたらいくらシリウス様といえど無傷ではすまないと思ったのだ。

兄のちょっと言っておくは確実に腕にものを言わせるやりかたなので、このままではシリウス様が大変なことになってしまうと青ざめた。

兄がよしよしと私の頭を撫でる。

「お前は本当に良い子に育ったねえ。あいつには勿体ないよ。ああ、お前が僕の妹じゃなかったらなあ……」

「何を言うか。お前には婚約者のソレイユ嬢がいるだろう」

国王の口から私の親友でもあるソレイユの名前が出た。兄は国王の言葉に真顔で頷く。

「勿論、ソレイユがいなかったら、ですよ。妹が妹でなくて、そしてソレイユもいなかったら、そしたら僕が立候補するのに、なんて思っただけです」

「前提条件が多すぎるわね。問題外だわ」

ころころと楽しそうに王妃が笑う。それから私の方を見つめて言った。

「それにしてもいきなり告白とはやるわね、セレネ」

兄も王妃に同意した。

「ああ、それは僕も思いました。いきなり何を言い出すのかと思ったら……」

「いいではないか、確かにそれくらいの方がシリウスには効果があるかもしれないぞ」

面白がる国王。三者三様の感想だったが、渦中にいる私には笑いごとではなかった。

「……シリウス様に嫌われてしまったかもしれません」

胸を押さえ、俯く。すると三人からはそれはないという言葉が異口同音《いくどうおん》に寄せられた。

「あいつがセレネを嫌う？　それこそあり得ない話だね」

「私が言うのもどうかとは思うが……それはないな」

「シリウスは一途な人よ。心配する必要なんてないわ」

「そう……でしょうか」

必死の想いで告白したのに、反応すらしてもらえなかった。それどころか、もう帰れだなんて言われて。迷惑に思われたのではないかとあれからずっと気にしていたのだ。

そんな私に王妃が言う。

「大丈夫よ。絶対に照れているだけなのだから」

兄も同意した。

「不本意だけど、僕にもそうとしか見えなかった。お前が気にすることはないよ。……そうだ、どうせならもっとやってやればいいんだ」

「お兄様？」

にやりと兄は悪そうな笑みを浮かべた。私の肩に手を乗せ、言い聞かせるように告げる。

「セレネ。シリウスは間違いなく照れているだけだから」

「え、でも」

「十年も離れていて、あいつも気持ちが追いついていないんだよ。お前がどれくらいシリウスを想っているのか教えてやれば良いんだ。そうすればシリウスも動くんじゃないかな」

「お兄様……」

最後に「いい気味だ」という言葉が聞こえたような気がしたが、多分聞き違いだろう。

兄の提案は、私が先ほどシリウス様に対して考えたことと殆ど同じだった。

同意してもらえたことにより、自分の中でこれで良いのかもしれないという気持ちがむくむくと膨らみ始める。王妃も兄に続いた。

「そうね。セレネは十年も待ったのだもの。こちらから攻撃を仕掛けてもいいと思うわ。ぐずぐずしている殿方が悪いのですもの。せいぜい振り回しておやりなさい」

国王までもが頷いた。

「そうだな、私も協力しよう。あの堅物を上手く言いくるめるのが難問だが、資料も揃っている。なんとかなるだろう……」

「へえ？　ようやくですか？」

国王の言葉に兄が身を乗り出した。

「ああ。これであやつも文句は言えんだろう。シリウスも頑張った。そろそろ報われてもいい頃だ。セレネ。そのうちお前に良い知らせが届くだろう。楽しみにしているといい」

「陛下？」

どういうことかと説明を求めたが、国王は時が来れば分かるとしか言ってくれなかった。

それでも私以外の二人は分かったようで、楽しそうに頷いている。

疑問に思ったが、楽しい知らせならおとなしく待っていよう。そう思った。

◇◇◇

「シリウス様ー！」

アルシペル王宮の大玄関で待ち伏せをしていた私はシリウス様の姿を認め、さっと柱の陰《かげ》から飛び出した。シリウス様は私を見て、またかという風に眉を顰める。

「うるさいですよ、セレネ嬢。もう少し静かにしなさい」

「分かりました、シリウス様。好きです」

「……私は仕事があります。もう行きますから」

さらりと恒例の告白をするとシリウス様は一瞬声を詰まらせたが、それでもふんと私から顔を逸らした。気にせず頭を下げる。

「行ってらっしゃいませ、シリウス様。またお仕事が終わった頃お邪魔致します」

「必要ありません。さっさと屋敷へ帰りなさい」

冷たい声で告げると、シリウス様は私の前から立ち去った。ぴしりと背筋を伸ばし、美しく歩く姿にほうっと見惚れる。

ああ、シリウス様。今日も素敵、格好良い。


――あれから色々考えたあげくに私が出した答えは、やはりシリウス様に私の気持ちを分かってもらえるように努力しよう、だった。

国王や王妃、兄たちの後押しも大きかったが、やはり私自身何か行動を起こしたいと思ったのだ。

十年間、ひたすら王子様が迎えにくるのを待ち続けて、私も疲れてしまったのだと思う。

自ら行動しなければ何も得るものはないのだと私は身に染みていた。

私にできること。それはやはり、私がどれだけシリウス様を想っているのかを伝えることではないかと思った。

……本当は私が伝えたいだけなのだけど。

十年ぶりに会ったシリウス様はそれはもう、私の好みど真ん中の美形へと成長していた。低く窘《たしな》めるような響きを持つ声すらも好みで、好きでないところを探す方が難しいくらいだ。

勿論、十年前に一度会ったきりの人。外見以外で判断できるところなどないが、こうしてシリウス様を毎日観察するようになって、私は彼の外見だけでなく内面をも好ましく思うようになっていた。

そう……私はあの夜会の次の日から、毎日のようにシリウス様を追いかけているのだ。

とはいっても、当然シリウス様の仕事の邪魔をしてはいけない。

だから兄や国王に協力してもらって、シリウス様の一日のスケジュールを教えてもらった。

その中で比較的迷惑の掛からない、なおかつ人気の少ない時間帯を選び、待ち伏せしては私の想いを直接伝えようと頑張っているのだ。

「ああ、シリウス様、素敵」

先ほどのシリウス様の後ろ姿を思い出し、うっとりとする。

初めて私がこの作戦を決行した時、シリウス様は鳩《はと》が豆鉄砲《まめでっぽう》を喰らったような顔をしていた。何が起こったのか分からない。そんな顔のシリウス様に私は言ったものだ。

「シリウス様、大好きです」

「……セレネ嬢。どうしてあなたがここにいるのかは問いません。問いませんから……今すぐ屋敷へ帰りなさい」

絶対零度の響き。だが私は負けなかった。一瞬だが、シリウス様が優しく目を細めてくれたような気がしたからだ。

やっぱり本気で嫌がられているわけではないのかもしれない。この態度は彼の本心ではないのだ。

そう思えれば勇気が出た。

「分かりました。では今日は帰ります。また明日伺いますから！」

「セレネ嬢！」

私の言葉にシリウス様が眉を吊り上げたが、もう気にしないことにした。

王妃や兄たちが言う通り、きっとシリウス様は照れているだけなのだ。どうすればいいのか分からないだけなのだ。それなら私の方から歩み寄るのが正解。

そうして毎日毎日、シリウス様を追いかけた。

シリウス様は相変わらず冷たい答えしか返してはくれなかったが、時折私をとても優しい目で見つめてくれる瞬間があった。

その目を見る度にやはり間違っていないのだと勇気を貰い、もう少し頑張ろうと気持ちを新たにするのだった。

今日だってそう。一瞬虚《きょ》を突かれた顔をしたシリウス様はほんの少しだけれど嬉しそうに口元を緩めたように見えた。

それだけでこの行為を続けることに意味があるような気がした。

「頑張っているね、セレネ。シリウスの様子はどうだい？」

「わっ……お兄様」

両手を握りしめ、気合いを再度入れていると、後ろからのんきな声が掛かった。

兄だ。白いロング丈の親衛隊の隊服を纏った兄は、私を見てうんうんと満足そうに笑った。

「ちゃんとシリウスの邪魔にならないようにはしているんだね」

「当然ですわ。……ほんの少しお時間をいただければ十分ですもの。……ところでお兄様。シリウス様の今日の休憩時間はご存じですの？」

「お前も遠慮がなくなったね。まあ良いことなのだけれど。シリウスの休憩かい？　あいつなら午後のお茶の時間くらいに王宮の南側のフラワーガーデンにいると思うよ」

「フラワーガーデン、ですか？」

予想外の言葉に、つい聞き返してしまった。

珍しい。基本シリウス様はあまり外に出ない人だ。休憩時間も部屋でお茶を飲んでいることが多い。それなのにフラワーガーデンとは。

考え事をしていると兄がぼそりと独り言を呟いた。

「……部屋の中にいたら遠慮した誰かさんが訪ねてこなくなるからだろう……分かりやすいねえ」

「え？　お兄様、今なんと？」

最後の分かりやすいしか聞き取れなかった。問い返すと、兄はにっこりと笑みを浮かべた。

「なんでもないよ」

「でも……」

「まあいいから。良かったじゃないか。誰かと一緒の時や部屋にいる時は遠慮しているんだろう？　今日は一人で出かけるみたいだから、気にせず訪ねて行けば良い」

「はい……」

話は終わりだと打ち切られ、私は渋々《しぶしぶ》頷いた。それでもいつもは朝と夕方くらいしか会えないので、昼にも姿を見ることができるのはとても嬉しい。

にこにこと笑っていると、兄が呆れたように言った。

「本当にお前はシリウスが好きだねえ。一体あいつのどこがそんなに良いんだい？」

「全て、ですわ。お兄様。好きでないところなどありません」

「そうかいそうかい。それだけ想われてあいつも幸せだねえ」

そう言いながら兄は何故か私の背中の先に視線を向けた。不思議に思い、振り返るもそこには誰もいない。

「お兄様？」

「だからなんでもないって言っているだろう。ほら、シリウスが出てくるまで待つのだろう？　今日は使わないから侯爵家《うち》の待合室にいるといいよ」

役職持ちや高位の貴族は、それぞれ王宮に個別の待合室を持っている。自分に用事のある客をもてなすのに利用したり、お茶会をするのにも使えるのだ。

使う予定がないという兄の言葉を聞き、私は素直に頷いた。

「分かりました。では、そちらを使わせていただきます」

「うん、それがいい。じゃあね、セレネ。僕も行くよ」

「はい、お忙しいところありがとうございました」

帰る手間が省けた。私は兄の厚意に礼を言い、ひらひらと手を振る兄の背を見送った。

最後に聞こえた「あー、面白い」という言葉は空耳に違いないと私は忘れることにした。

◇◇◇

「ふふふ……この辺りにいればシリウス様を待ち伏せできるかしら……」

のんびりとお茶をして時間を潰し、兄に教えられた通り王宮の南側に位置するフラワーガーデンに向かった。

季節の花々が楽しめるフラワーガーデンは王宮でも人気の場所で、常に何人かいるのが普通なのだが今日は誰もいないようだ。噴水《ふんすい》の水の音までもが聞こえてくる。

「静かね……こんなに静かなフラワーガーデンなんて初めて」

呟きながらも良さそうな茂みに身を隠す。

今日はいかに私がシリウス様を想ってきたかを分かってもらうため、わざわざ屋敷から持ってきたものがあるのだ。

少し大きめの日記帳。赤いリボンで止めてある。それを握りしめ、私はじっとシリウス様が来るのを待った。

「来たわっ……」

少しして、入り口の方からシリウス様が歩いてくるのが見えた。どうやら兄の情報通り散歩しにきたらしい。兄の情報はいつも正確でとても助かっている。

普段なら周囲に遠慮しつつ現れるのだが、今日は誰もいない。思い切り行っても大丈夫だろうと判断し、やってきたシリウス様に片手に日記を持ったまま飛びついた。

「シリウス様！　お待ちしていましたわ！　愛しています！」

「なっ……!?　セレネ嬢？」

さすがに飛びついてくるとは思わなかったのだろう。反射的に私を振り払う素振りを見せたシリウス様は、それでも相手が私だと分かると慌てて動きを止めた。

首に両手を回しぎゅっと抱きつく。すんとこっそり匂いを嗅いだ。

ふわぁぁぁあ！　良い匂い！　なんだかすごく良い匂いがする！

シリウス様の使っている香水なのだろうか。少しスパイシーな香りがシリウス様の体臭と混じり、私の脳髄《のうずい》を直撃していた。

シリウス様の匂いを嗅いでいるだけで、恍惚《こうこつ》としてくる。

はふ……幸せ。

すんすんとシリウス様の香りを一人楽しんでいると、最早聞き慣れてしまった冷たい声が頭上から響いた。

「……セレネ嬢。私は朝、あなたに帰るよう言いませんでしたか？」

「はい」

うっとりとしながら頷くと、シリウス様ははあっと大きく息を吐いた。

「聞いてはいたのですね。それなのにどうしてこのようなところにいるのです。あなたは私の言うことが聞けないのですか？」

「ごめんなさい、シリウス様。でも私、どうしてもシリウス様にお会いできる機会を逃したくなくて」

「だから待ち伏せしていたというのですか？　本当にあなたは困った人ですね」

冷たい声に冷たい表情。でも、一瞬だけまたふわりと表情が緩んだ。

それを見て、心がときめく。

ああ、やっぱりシリウス様は冷たいだけの人なんかじゃない。

だって迷惑そうな顔をしていても、シリウス様は私を引きはがしたりしていない。それどころか私が落ちないように抱きしめてくれているくらいだ。

滅多《めった》にない……いや、初めてのこの機会を私は存分に堪能しようと思っていた。

だってシリウス様が抱きしめてくれる機会など、次はいつ訪れるか分からない。

しっかり記憶に残しておかなければ勿体ない。

そうだ、帰ったら忘れないうちに日記に書き留めておかなければ……！　この感動を文字として残すのだ！

「それで？」

陶然《とうぜん》としていると、シリウス様がいつもの凍り付くような声で私に言った。

「わざわざ私の休憩時間に、飛びついてきてまでしなければならなかった用事とはなんです？」

「あっ……」

あまりにも幸せすぎてすっかり忘れていた。

とても残念ではあるが、目的を見失ってはいけない。本末転倒《ほんまつてんとう》になってはいけないと、私はシリウス様から離れて日記帳を差し出した。

「……これは？」

眉を寄せて、日記帳を睨みつけるシリウス様に説明する。

「私がずっとつけていた日記帳です。毎日ここにシリウス様のことを想って色々したためました。これを見ていただければ私がいかにシリウス様をお慕いしているのか理解していただけると思って」

「……必要ありません」

一瞬受け取ってくれそうな気配を見せたシリウス様だったが、さっと顔を背けて拒絶した。それくらいは予想の範囲内だったので私は気にせず、自分の日記帳をめくる。

しおりが挟んである場所を開け、おもむろに朗読を始めた。

「……今日もシリウス様は来て下さらなかった。でも私は信じている。きっとシリウス様は私を迎えにきて下さるって。あの日薔薇の咲き誇る庭園で聞いた言葉を私は忘れていない。だからいつまでだって待てる。できれば早い方が嬉しいけれど。……これは二年前の日記です」

大きく目を見開くシリウス様。その顔に嫌悪《けんお》が見えないことを確認し、私はまた別の頁を開いた。

これはつい最近の話だ。

「今日、私と婚約をしたいという方が訪れた。お父様は会ってみろと仰ったけれど、お断りした。だって私にはシリウス様という心に決めた方がいるのだから。……これは二ヶ月ほど前の出来事です。私、一度だってシリウス様以外の方に心傾けたりなんてしていません。ずっとシリウス様だけです」

シリウス様という私だけの王子様がいるのだ。どうしてよそ見なんてしようと思うだろう。そして私の選択は正しかった。

だって、こんなに格好良く成長したシリウス様と再会できたのだから。

ほら、やっぱり私は間違ってなかった！

胸の奥がじんと熱くなる。日記を読んでいるうちにシリウス様への気持ちが自分の中で高まっていくのが分かった。

ああ！　愛しています！　シリウス様！

すっかり気持ちが盛り上がってしまった私は、勢いに乗ってその他にもいくつか抜粋して日記を読んだ。

いかに自分がシリウス様だけを想ってきたのか、愛しているのかを理解して欲しくての行動だったのだが、日記から顔を上げると、シリウス様はまるで雷にでも打たれたかのような驚いた顔をして固まっていた。

そんな顔を見せられれば、心配になってしまう。私はシリウス様に向かって恐る恐る問い掛けた。

「シ……シリウス様？　どうかされたのですか？」

「今の話は本当ですか」

「え？」

怖い顔で私を問い詰めるシリウス様。どうしてそんな顔をしているのか分からず、私は瞳を瞬かせた。シリウス様は追及の手を緩めない。更に私に迫ってきた。

「はうっ……」

距離が近くてドキドキする。今日はシリウス様に抱きつけたし、こうして至近距離で見つめることもできた。どうしよう、これ。

運が良すぎて明日以降の私の運勢が心配だ。

ふわああっと頭が茹で上がったかのような気分で近くに来たシリウス様を見つめる。

幸せすぎてどうしようと思っていると、シリウス様が少しイライラした口調で言った。

「ぼんやりしていないで答えなさい、セレネ嬢。今言ったことは本当ですか」

「も、勿論です。日記なのですから……」

シリウス様の剣幕《けんまく》に驚き、慌てて頷く。

嘘なんてついていない。そう告げるとシリウス様は忌々《いまいま》しげに舌打ちした。

初めて見る仕草に呆然とする。

「シ、シリウス様？　お疑いなら他の箇所も朗読致しましょうか？　他にも聞いていただきたい箇所はたくさん……」

「必要ありません」

「そ、そうですか」

ばっさりと両断された。

その言葉に少しだけ心臓が痛みを訴えた。まるで自分の想いを否定されたような気がしたのだ。

しょんぼりしていると、シリウス様はきびすを返した。慌てて声を掛ける。

「シ、シリウス様？　どちらへ」

「戻ります。急用ができました。……あなたも今度こそ帰りなさい。良いですね？」

「シリウス様……私、何かしてしまいましたか？」

今までの冷たい声音とは違う、もっとひんやりとしたものを根底に感じ、私は身体を震わせた。

私が怯えた声を出したことに気づいたのだろう、シリウス様が振り返り告げる。

「あなたには関係ありません。いいから早く帰りなさい」

完全な拒絶の態度に、私はそれ以上何も言えなかった。

足早に去って行くシリウス様。ぽつりと一人取り残された私。

「私、何かシリウス様を怒らせてしまった？」

日記を読んだのがいけなかったのだろうか。

私がずっとシリウス様を想っていたという良い証拠《しょうこ》になると考えたのだけど。

さすがに追いかけることはできず、私は項垂《うなだ》れながらも言いつけ通り屋敷へ帰った。

◇◇◇

「はあ……」

自室のソファに座り、紅茶を飲みながら今日の出来事を振り返る。

途中までは本当に良い感じだと思ったのにどうしてあんな終わりになってしまったのだろう。シリウス様の考えていることが分からない。

だが、と私は思い直した。落ち込んでいても仕方ない。シリウス様は私には関係ないと言ったのだ。

観察してきたから知っている。シリウス様は慰めの嘘など吐かない人だ。

つまり本当に私のせいではないということ。

そこにようやく思い至り、私は安堵《あんど》の息を漏らした。

一時は私が何かやらかして嫌われてしまったのかと考えただけに、この結論に達した時には涙が出そうなくらいほっとした。

カップを手に取り、冷めてしまった紅茶を飲み干す。

少し気持ちを落ち着かせたいと思った。

「どうすればいいのかしら」

一呼吸置き、改めて考えた。

好意を伝える作戦。これは勿論続行しようと思う。

迷惑だとはっきり言われたら、それはとても悲しいことだけれども潔《いさぎよ》く引くつもりだ。

でも、シリウス様は「帰れ」とは言っても一度も「迷惑だから止めろ」とは言っていない。

望みがあると思っても仕方ないだろう。

だが、今日のようなことが何度も起こっては、私の心臓が保たない。嫌われたと思った時にはショックのあまり心臓が止まるかと思ったのだ。

私には関係ないと言われたけれど、シリウス様が態度を急変させたのは間違いなく日記を読んだ後だと思う。それなら――。

「とりあえず、日記を朗読するのはもう止めましょう」

思ったほど効果もないみたいだし。それなら次はどうしようか。好きだと伝えることは続けるにしても、他にもっと何かないだろうか。たとえば――。

「そうだ、想いを込めてシリウス様の絵姿を描いてみるとか？」

言ってはみたものの、すぐに駄目だなと思った。

私の絵は絵画《かいが》の先生に言わせると「前衛的すぎて誰も理解できない」らしく、色々と解読が必要だそうだ。

ぱっと見て理解してもらえないのなら描いても意味はない。

「難しいわね……」

これはどうだろう、あれはどうだろうと考えてはみるもののなかなか妙案が浮かばない。

そのうち夕方になり、父と兄も帰ってきた。

夕食だと侍女に呼ばれたので、階段を降りて食堂へ行く。父が宰相という立場上、身分のある方を泊めることもある王都の屋敷は、王宮ほどではないが、それでもかなり贅《ぜい》を尽くしたものだ。

食堂も通常よりも広くゆったりとしていて、十二人掛けのロングテーブルの上には銀でできた燭台と生花が飾られている。壁には歴代の侯爵の画がずらりと並べられ、正面奥には現当主である父と母の肖像画が掲げられていた。

すでに席に着いていた父母と兄に挨拶して自席へ座る。執事たちが黙って給仕を始める中、父がこほんとわざとらしく咳払いをした。

「セレネ」

「はい」

返事をすると、父はとても複雑そうな顔をしながら口を開いた。

「シリウス・ノワール公爵殿とお前の婚約が陛下の名の下、正式に認められた。一月後には婚約式が行われるだろう」

「え……」

突然すぎて、何を言われたのか理解できない。それくらい私は混乱していた。

婚約？　私がシリウス様と？

「お、お父様……それは本当なのですか？」

信じられなくて思わず問い返す。

それはそうだろう。この十年、父はシリウス様の名前を一度も口にしなかったのだ。それがいきなり婚約を言い出したのだから驚いても仕方ないと思う。

私の問い掛けに、父は「うむ」ととても不本意そうに頷いた。

「陛下の取りなしでな。……私はまだ早いと思うのだが……まあ仕方ない。式はもう少し後だろうし、婚約くらいならとお受けした」

くすくす笑いながら兄も言う。

「良かったねえ、セレネ。お前が頑張った甲斐があったんじゃないか？」

母も私の嫁ぎ先が決まったことにほっとしているようだった。

兄が父に向かって言う。

「シリウスなら何も問題ないと思いますよ、父上。うちより爵位は上だし、なんと言っても陛下のお許しをいただいたのですから」

「うむ……」

渋々という表情は隠さなかったが、それでも父は頷いた。

国王の許しを得ての婚約というのは貴族にとっては一種誉《ほま》れのようなものだ。国王の許可を貰って、それで断るなどあり得ない。

前回国王と会った時に、協力すると言ってくれたのを思い出した。

もしかして協力とはこのことだったのだろうか。楽しみにしていろと言ってくれたが、まさか婚約の許可を貰えるなんて思ってもみなかった。

それでもシリウス様との婚約はとても嬉しい。

だって十年待ったのだ。本当はシリウス様に直接迎えにきて欲しかったけれど、それでもようやく婚約できたという喜びにはかえられなかった。

「嬉しそうだねえ、セレネ」

言葉もなくただぼうっとしていると、兄がからかうように言った。

それに頷くだけで返す。胸がいっぱいで言葉を発することができなかったのだ。

兄は目を細め、機嫌良く杯を掲げた。

「じゃあまあ、今夜はセレネの婚約を祝って乾杯ということで」

その日私は喜びのあまり、食事が喉を通らなかった。

◇◇◇

「シリウス様！　私たち、正式な婚約者になったのですよね！　嬉しいです、仲の良い夫婦になりましょうね！」

「……婚約の許可が下りただけです。まだ婚約式を済ませたわけではありませんから、婚約者というのには語弊《ごへい》がありますよ」

「それはその通りかもしれませんが、私十年もこの時を待っていたのですもの！　嬉しくって。シリウス様は喜んで下さいませんの？」

「……私には仕事が残っていますから」

ついと私から顔を背けて足早に去ってしまうシリウス様。

「シリウス様……」

去りゆく背中にそっと手を伸ばす。勿論その手がかの人に届くことはない。せっかく婚約許可が下りたというのに、シリウス様は以前よりも更に冷たくなってしまったように思う。

はあっと嘆息《たんそく》する。私はこんなに嬉しくてたまらないのに。

しょんぼりしながら、ほんの少しだけ考える。

今回の婚約は国王の力によるところが大きい。つまりは国王が私のために協力してくれたからこそ成り立ったのであって、そこにはシリウス様の意向は反映されていないのではないだろうか。

「もしかして……本当はご迷惑だったのかしら？」

考えたくもないが、無理やり婚約などということになって怒っているのかもしれない。

思い当たる節はある。父から婚約の話があった翌日、シリウス様は屋敷まで挨拶に来てくれたのだが、父と婚約式の話をしただけですぐに帰ってしまったのだ。

せっかく二人きりで話せると思ったのにもう帰ってしまうのかと、あの時は酷く気落ちしたものだ。

王宮から帰りながらも想うのはシリウス様のことばかり。

本当は帰りたくはないのだが、残念ながら今日は先約があるのだ。

約束があるので今日は帰りますと告げた時のシリウス様を思い出す。

それならこんなところで油を売っていないでさっさと帰りなさいと言ったシリウス様の顔には安堵があった。

「どうせなら寂しそうな顔をして下さればいいのに……」

わがままだとは分かっていたがそう願わずにはいられなかった。

溜息を吐きつつ屋敷へ帰る。改めて準備を整え、馬車に乗った。今から友人の屋敷へ遊びに行くのだ。

友人というのは、ソレイユ・スヴニール侯爵令嬢。

私と同じ今年二十歳になる彼女は幼い時からの親友なのだが、同時に兄の婚約者でもある。

すでに婚約式も終え、後は結婚式を待つばかり。二人の仲は良好だし、私も心から祝福している。長年の友人と敬愛する兄が結婚するのならこれ以上嬉しいことはない。

彼女の住む屋敷は同じ王都内にあるものの、うちの屋敷からは少し離れた場所にある。

のんびりと馬車の窓から王都の町並みを楽しみながらスヴニール侯爵邸へ向かった。

「よく来てくれたわね！」

馬車を降りると、待ち構えていたようにソレイユが屋敷から飛び出してきた。

焦げ茶色のふんわりとした長い髪を綺麗に編み上げた女性。体格は少し肉付きが良いものの太っていると言うほどでもない。緑色の大きな瞳はキラキラと輝いていた。

流行《りゅうこう》の最先端だと思われる身体の線が際立つ明るい色のドレスを着ている。

そんな彼女は私の姿を認めると、ぴょんと私の首に飛びついてきた。それをよろめきつつもなんとか受け止める。

「ソ、ソレイユ。く、苦しいわ」

なにげに首が絞まっている。離して欲しいと背中を叩けば、初めて気づいたように慌てて腕をどけてくれた。

息を整えていると、うふふとあまり反省していない様子でソレイユは笑った。

私を屋敷の中へ誘いながら言う。

「ごめんなさい。久しぶりで嬉しかったの。許してちょうだい。それにあなたがついにノワール公爵様と婚約するって聞いたものだからつい」

「もう聞いているの？」

真っ先にソレイユに教えようと思って、私からはまだ誰にも言っていなかった。

驚きに目を丸くすると、ソレイユは自分の唇に指を当てて言った。

「ええ、ヘリオス様にお聞きしたから」

「お兄様が？　そう、それなら納得ね」

婚約者から話を聞いたのだと言うソレイユの言葉に頷いた。兄はこまめにソレイユの屋敷へ通っている。知っていても不思議ではなかった。

ソレイユは感心したように私を見る。

「でもよく十年も待ったわね。私なら待てるかどうか自信はないわ」

別の方と婚約しているでしょうねというソレイユに私は苦笑を返した。

「そうでもないわ。それに待っているだけの方が楽なのかもしれないと最近は思い始めているくらいよ……」

「どういうこと?」

いつものように自分の部屋に私を招き、侍女にお茶を用意させながらソレイユが聞いてくる。彼女お気に入りの八角形のマホガニー製のテーブルと肘掛け椅子は、風通しの良い、だけども直射日光の当たらない場所に設置されていた。

金彩の施された皿にはマフィンやフィナンシェといった焼き菓子が並べられ、イチゴやベリーがふんだんに入ったフルーツティーがサーブされる。

私は侍女たちが下がるのを待ってから、ゆっくりと口を開いた。

「実はね……シリウス様の様子が昔と全然違っていて――」

「まあ」

幼馴染みの親友。しかも事情もよく知ってくれている。そんな彼女を目の前にして、私は黙っていることなどできなかった。

国王や王妃は背中を押してくれたけれど、本当にあんなことを実行しても良かったのだろうか。本当は嫌がられているのではないかと私はどうしても心配だったのだ。

話し終わると、ソレイユはじっと考え込むように俯いた。その顔が真剣だ。

彼女はやがてゆっくりと顔を上げると私に目を合わせ、口を開いた。

「セレネ。それはきっとクーデレだわ」

「ク……クーデレ?」

一体ソレイユが何を言い出したのか分からず、言葉を反芻《はんすう》する。

ソレイユはちょっと待ってと言って立ち上がり、書棚を漁り出した。やがて奥の方から一冊の本を取り出し、それを私に手渡した。

「ソレイユ? これは?」

派手目の装丁の書籍。厚さはいつも読む本よりも少し薄いくらいか。

彼女が何を言いたいのか分からず首を傾げると、「実はね」とソレイユはまるで秘密でも打ち明けるかのように小声で言った。

「最近、王都で流行《はや》っている本なの。女性向けの恋愛小説で……なんというかその……男女の閨《ねや》についての描写がある本なのよ」

「ね、閨!」

つまりは性描写があるということなのだろう。

とんでもないことを言い出すソレイユを驚愕の眼差しで見つめた。

彼女は「静かに」と少し眉を顰めて言った。

「偏見は良くないわよ。私今日は絶対にこれをあなたに勧めようと思っていたの。これは今一番人気のある一冊なんだけど、他にもたくさん持っているから気に入れば貸すわ。あなたもきっと好きだと思うの」

「で、でも性描写がある本なんて……」

男の人が読むものではないのだろうか。そう言うとソレイユは否定するように首を振った。

「何を言っているのよ。大人の恋愛には必須でしょう？　それにこれはストーリーを重視したもので性描写が中心ではないわ。あくまでも恋愛のスパイスなのよ。いいから一回読んでみて。私がさっき言ったクーデレの意味が分かるから……」

「え、ええ」

気は進まなかったがあまりにもソレイユが言うので、冒頭部くらい読んでみるかと私は頁をめくった。クーデレの意味が知りたかったというのもある。

だが、まず現れた男女の絡みのある挿絵に目が釘付けになった。

「ソ、ソレイユ！」

「それくらいで驚かないで。別にいやらしくなんてないでしょう？　よく見て。とても美しいと思わない？」

強い口調で窘められ、私は慌てて再度挿絵を眺めてみた。

確かに恥ずかしい男女の絡みが描かれてはいるものの、色彩が美しくそこに描かれた男性は驚くほどの美形でいやらしさはあまり感じられなかった。

「そ、そうね」

「理解してくれたのなら続きを読んで」

ソレイユの促しに頷き、私は更に頁をめくった。

読み始めてみると、それは確かに恋愛小説で、私はあっという間に物語に引き込まれていった。

出てくる登場人物はあまり多くはない。

主人公であるヒロインは王女。対して相手役であるヒーローはとある国の王太子という設定だった。

婚約が決まり、ヒーローの国へやってくるヒロイン。

ヒーローは最初、ヒロインに対してかなり冷たく振る舞っている。その態度にヒロインは傷つき嫌われているのではないかと思うのだが、それはヒーローの照れ隠しだった。

本当はヒロインに一目惚れしていたヒーロー。だけど素直になれず、冷たい態度を取ってしまっていたのだ。

様々な事件を乗り越えてついに誤解が解ける二人。ヒーローは今までが嘘のように甘い言葉と態度でヒロインを甘やかす。

二人は結婚し、幸せな結婚生活を送る。

要約すればこのような話だったのだが、私はすっかり物語の世界にのめり込んでしまった。

書いている作家の表現力が思っていた以上に豊かだったのもあるが、キラキラと輝く物語の世界、特に後半部は、私が憧れるシリウス様との結婚生活そのものだったからだ。

確かに何度か性描写はあったが、甘く愛に溢れるラブシーンはドキドキとした感動を私にもたらしてくれた。ヒーローの巧みなテクニックに翻弄されるヒロインは淫らだけれども愛らしく、私が今まで考えていた性交というものの常識を覆してくれた。

声を上げることを恥ずかしがるヒロインに「可愛い」と何度も声を掛けるヒーロー。二人は何度も愛を交わし、やがて子供を授かることになる。

これぞ理想の愛というものを見せつけられ、私は感動に打ち震えていた。

そしてもう一つ、なんと言っても驚いたのは――。

「シリウス様だわ……！」

物語のヒーローの性格が完全にシリウス様とかぶっていたことだ。

驚愕のあまり声を上げると、私が読み終わるのを待っていたソレイユが静かな声で言った。

「どう？　私の言った意味が分かったかしら？」

その言葉に私は否とは返せなかった。黙って頷く。それを見て、まるで勝利者のように艶やかな笑みを浮かべるソレイユ。

「好意を持っていてもいざ本人を目の前にすれば冷たい態度を取ってしまう。でも両想いになれば甘い言葉や態度を取るようになってくるの。それがクーデレ」

「クーデレ！」

どーんと雷が落ちたような衝撃《しょうげき》を受けた。まるで天啓のようだと思った。

そうか、シリウス様はこの小説に書かれているようなクーデレだったのだ。

色々と思い当たり、私は深く納得した。

「ソレイユ、ありがとう。シリウス様はクーデレだったのね！」

私は親友の手を両手でぎゅっと握りしめた。ソレイユも強く頷く。

「そうよ、公爵様は今流行のクーデレなんだわ。だからきっと、婚約式さえ終わってしまえばデレ期が待っているのよ！」

「デレ期……！」

ソレイユの言葉に私はシリウス様が私にデレてくれるところを想像してしまった。

『——愛していますよ、セレネ。さあ、私に身を任せて下さい』

『シリウス様……でも、私恥ずかしいです』

『恥ずかしいことなど何もありません。あなたが目を瞑《つぶ》っている間に痛いことは全て終わっていますからね。優しく愛してあげます』

「ふわあああああああああああ‼」

「セ、セレネ？」

ぼんっと頭が沸騰《ふっとう》しそうだった。

真っ赤になって騒ぎ出した私を見たソレイユは、私がシリウス様とのアレコレを想像したことに気づいたのだろう。にんまりと笑った。

「ふふ、想像してしまったようね。でも実際はもっとすごいわよ。来るデレ期のため、あなたも少しは勉強する必要があるのではなくて？」

「勉強……」

すでに兄と正式に婚約しているソレイユの言葉には説得力があった。

婚約式さえ済んでしまえば、いわゆる男女の仲になったとしても咎《とが》められることはない。

つまりソレイユはすでにそういう経験があるということで――。

経験者の含蓄《がんちく》ある教えに、私は否定するべき言葉を持たなかった。

そうだ、確かにシリウス様の妻になるべく色々と勉強してきたけれど、ソレイユの言う通り、こういうことについては殆ど知らない。もし、今読んだ小説に書かれているようなことをシリウス様がするというのなら、勉強をしておく必要は大いにあると思った。

「そ、そうね……」

小さく同意すると、ソレイユは畳みかけるように言った。

「それなら私の持っている小説を貸してあげるわ。勉強になりそうなものはもっとたくさんあるの」

「で、でも悪いわ」

本当は少し興味はあった。何故ならあのキラキラとした恋愛が描かれた小説は私の理想そのものだったからだ。そんな私の心の中を見透かしたようにソレイユが言う。

「いいのよ、遠慮しないで。私の持っている本の中には新婚夫婦設定の溺愛ものもあるのよ。甘くて過激な愛が素晴らしい名作よ。きっとすごく勉強になると思うわ」

「新婚夫婦溺愛もの！」

心揺さぶられる設定に、自分の目が現金に輝いたのが分かった。

ソレイユが首を傾げて私に聞く。その声は甘い毒のような響きを持って私を苛んだ。

「――貸してあげましょうか？」


……その日私はたくさんの小説を抱え、自分の屋敷へと帰った。

◇◇◇

「くうううっ！　これよっ！　これっ！」

ソレイユに借りた小説を自分の部屋に持ち帰った私は、さっそく物語の世界に没頭した。

読めば読むほど、理想だとしか思えない。

深い愛情でヒロインを包み込むヒーロー。中には少し行き過ぎた行動を取るヒーローもいたが、それはそれで良い味だと私は解釈《かいしゃく》していた。

だってつい、ヒーローをシリウス様に置き換えてしまう。そうすると、それがシリウス様ならなんでも許せると思えてしまうのだ。

「ヤンデレなシリウス様も素敵かもしれない……」

ヤンデレというのは、ヒロインを愛しすぎて精神的にちょっと病んでしまっている状態のことだ。

ヒロインを愛するあまり屋敷に閉じ込めてしまったヒーローの話を読み終わり、私はほうっと息を吐いた。

『あなたは私だけを見ていればいいのです。他のものを見るなんて許せない』

ヒーローの口調をシリウス様のものに変えて脳内再生してみる。

あまりのはまりようにしばらくベッドの上で悶《もだ》えまくってしまった。

「素敵！　素敵！　本物のシリウス様にも言われてみたいわっ」

満足するまで身悶え、身体を起こす。

とりあえず数冊読んでみたが、ソレイユが勧めてくる理由が分かったと思った。

「これは確かに誰かと語りたくなるわ……」

この滾る熱い想いを誰かと共有したい。きっとソレイユも同じだったのだろう。

次に遊びに行った時には思う存分ソレイユと語り明かそうと私は決めた。

そして思う。

「やっぱりシリウス様はクーデレだわ……」

となると、デレ期はソレイユが想定した通り婚約式が終わった後になるのだろうか。

婚約式が終われば私はそのまま公爵邸へ引っ越すことになる。

親衛隊の隊長として毎日王宮に詰めている兄とシリウス様は違う。

領地経営が主なシリウス様はそう毎日王宮へ行く必要はない。今頻繁《ひんぱん》に王宮へ足を運んでいるのは、大事な仕事があるからだと兄が言っていた。

その仕事が終われば、しばらくは王都ではなく領地の方へ引きこもるという。

だから今のうちに王都にいる使用人たちと面識を得ておく必要があるとのことで、それには父も渋々頷いていた。

「もうすぐ婚約式……。やはり初夜は婚約式が終わった夜かしら？」

一緒に住むのなら可能性は十分にある。それを機に、シリウス様は私にデレてくれるのだろうか。想像するだけで心が躍る。

私はぎゅうっと自らの身体を抱きしめた。

「ああっ、シリウス様！　お慕いしています……私、どんな要望にもお応えできるように勉強しておきますから！」

小説内でヒロインがよくさせられる口での奉仕だって躊躇《ためら》わないつもりだ。

私はシリウス様であれば、どの部分だって愛せる自信がある。

どんなに凶悪な形をしていようが大きかろうが——そういうものだと小説には書いてあった。特に大きいは必ず書かれていたのでこれは間違いないだろう——使命を果たしてみせると覚悟していた。

シリウス様に会いに行くことは止めなかったが、一日一度程度にし、後はおとなしく引き下がった。

だって、シリウス様は今はまだクール期なのだ。いくらアピールしても冷たい答えしか返してくれないだろう。私はデレ期を待つのだ！

来るシリウス様のデレ期を思い、私はその後も一生懸命小説を読みこんだ。

ソレイユの思惑通り、すっかり性描写のある恋愛小説にはまってしまったのは誤算だったが二人で物語について話せるのは楽しかったし、確かに色々と勉強にはなった。

「これで準備は完璧ね。今のあなたに死角はないわ！」

ソレイユの心強い言葉に私も頷きを返した。

「ありがとう、ソレイユ。あなたの協力のお陰よ。私、頑張る！」

二人がっしりと握手を交わす。

こうして見事耳年増になってしまった私は、シリウス様と念願の婚約式を迎えたのだが
——おかしなことに婚約式の夜もそして次の日も彼が私に触れる気配は一切なく、やってくるはずのデレ期が訪れることもなかった。

第二章　クーデレ婚約者の攻略の仕方

「おかしいわ……」

王都にあるノワール公爵家の屋敷。二階の奥部屋の一つを個人部屋として与えられた私は主室のソファに座り、一人じっと考え込んでいた。

婚約式も終わり、私とシリウス様は正式な婚約者となった。屋敷にも引っ越してきたし、状況的にはもう手を出し放題なはず。なのにどうしてかシリウス様は私に指一本触れようとはしなかった。

私は唇を噛み締めながら呻いていた。全くもって予定外だった。

「予定ではデレ期が訪れて、今頃は小説のような蜜月期を楽しんでいるはずだったのに！」

あれだ、よくある愛されすぎて困ってしまうというやつ。さすがにそこまでとは言わないが、それでもイチャイチャとした幸せ生活を送っているはずだったのに。

私は溜息を吐きながら、実家から持ってきた愛読書を書棚から取り出した。

あれから私は自分で小説を買い揃え、かなりの量を集めていたのだ。その中でもお気に入りの一冊、クーデレな王子様の話をぱらぱらとめくり、首をひねる。

「やっぱりシリウス様よね」

どこからどう見ても、シリウス様としか思えない。シリウス様はクーデレ。それは間違いないだろう。

それならば、どうしてデレてくれないのか。

シリウス様の部屋は私のすぐ隣にある。つまりは、いつでも襲《おそ》い放題なわけだ。実際私はいつだって待っているのだが、事実は小説よりも奇なり。

婚約者だというのに部屋に訪ねてきてくれたことさえない。

小説ならば、この時を待っていましたとばかりに押し倒してくれるはずなのに。

うーんと考え、私は一つの結論に思い至った。

「きっかけ……。デレになるためのきっかけが欠けているのかしら」

もしくは自覚はないが、実は思った以上に私のガードが固くて、手を出しにくいと考えられているのかもしれない。

「それはあるかもしれないわね……」

それならば話は簡単だ。私の方からそういう雰囲気にもっていけばいいのだ。隙を作り、手を出すきっかけを与える。小説のヒロインたちもそうだった。

彼女たちは皆無自覚だったが、実に上手くヒーローにつけいる隙を与えていた。

私もそれを見習うのだ。

「待っていて下さい、シリウス様。私、絶対に隙のある女になってみせますからね！」

ソファから立ち上がり高々と宣言する私。

それを実家からついてきてくれたただ一人の侍女リーリスが、実に残念なものを見るような目で見ていたことに私は気づかなかった。

◇◇◇

——作戦その1。

いきなり抱いてもらうというのはいくらなんでもハードルが高すぎる。

まずは手軽にできるところから始めよう。

そう思った私は『手を繋ぐ』というミッションを自らに課すことにした。

小説を熟読し、深く頷く。

考えられるパターンは二つ。人混みでどさくさに紛れて手を繋ぐ。もしくは足場の悪いところでわざとよろめき、自然と手を握る方向に出る、だ。

「どれもわりと実行しやすいわね」

さて、それならどうしよう。

すぐに行動に移せるのは二つ目の足場の悪いところで……というものだ。

昨夜、王都は激しい雨が降っていた。公爵邸の庭は一部ダメージを受けたらしく、朝食時に庭師が「危ないから近づかないで下さい」と注意していたのを思い出す。

「そうね、そこへ偶然を装ってシリウス様を連れて行けばいいのだわ」

紳士であるシリウス様なら、足場の悪い場所を婚約者の女性一人で歩かせたりなどしないだろう。

完璧。完璧な計画である。

抜けのない計画に満足した私はさっそく行動に移すことにした。

午後のお茶の時間を利用して、シリウス様を散歩に誘う。婚約してからというもの、シリウス様は何故か殆ど王宮に出向くことがなくなった。

大概《たいがい》はゆっくり屋敷の中で過ごし、書類仕事をしているのだ。

私としては同じ建物内にシリウス様がいるのはとても嬉しいことなので、ウキウキそわそわしているのだが……どうせならついでに手を出してくれればいいのに。

ともかくシリウス様が屋敷から出ないお陰で、日に三度の食事と午後のお茶は一緒に過ごすことができる。相変わらずシリウス様はクール期全開であるが、シリウス様が本当は照れているだけだと理解している私は全く気にならない。

……嘘だ。今のは見栄を張った。本当は早くデレて欲しい。

シリウス様と屋敷の庭を散策する。口調は厳しいものの、こうやって散歩に誘えば応じてくれるし、婚約してからは「セレネ」と呼び捨てで呼んでくれるようになった。

少しずつだが進歩はしているのだ。

「シリウス様、お花が綺麗ですわね」

何か話題をと思い振ってみたのだが、返ってきたのは冷たい答えだった。

「昨夜の雨で随分と散ってしまったみたいですけどね。雨の後で地面がぬかるんでいる時に散歩に出たいとは、あなたも随分と変わっていますね」

ちく、どころかぐさっと何かが胸に突き刺さった。

確かに昨夜の雨はかなり激しく、残念ながら庭の花は見るも無惨《むざん》なことになっていた。少なくとも庭師が整えるまでは遠慮するのが筋だろう。でも、私は少しでも早くシリウス様にデレて欲しいのだ。だって十年待った。これ以上待ってなんていられない。

私は笑みを作り、できるだけ可愛らしくシリウス様を誘った。

「シリウス様、向こうの方へ行ってみましょう。丁度薔薇が綺麗に咲いているのです」

より足場の悪い場所へと誘う私。

さあ、シリウス様！　手を差し伸べてくれるのなら今です！　今なら自然に手を握ることができます！

だが、シリウス様の反応は私の期待したものではなかった。

「……セレネ。庭師の話を聞いていなかったのですか？　あちらはぬかるみが更に酷い。転んでしまうかもしれません。行くべきではないでしょう」

「あ、はい……」

指で眼鏡をくいっと持ち上げ、シリウス様が言う。

「雨の直後に散歩など、正気の沙汰とは思えません。もう良いでしょう。戻りますよ、セレネ」

「……はい。申し訳ありません」

「もう少し考えなさい」

尤《もっと》もすぎる言葉で窘められ、私は小さくなって頷くより他はなかった。

しまった、焦るあまりやりすぎてしまったか。

結局しおしおと屋敷に戻ることになった。

ちなみにその後、諦めず街へ一緒に出かけたいと言ったところ、今は忙しいから無理だと言われ、更には一人で好きなものを買ってくれれば良いと追い打ちを掛けられたことを明記しておこうと思う。

違う、一人で行っても意味なんてないのだ。私はシリウス様とデートして、そのついでに手を繋ぎたかっただけなのに。

あれで間違いなく、私の心は深い傷を負った。


——作戦その2。

「まずは手を繋ぐ、なんて甘っちょろいことを思っているから失敗するのだわ」

そういうわけで、今度は上級者向けにキスをしてもらおうと考えてみた。

キスシーンは様々なものがある。強引に奪ってくれるものもあれば自然な雰囲気でというものも。私の理想は強引系なのだが、今のシリウス様にそれを求めるのは間違っているだろう。こう雰囲気に呑まれた感じで、自然に自然にもっていこうではないか。

ということで、ここは素直に王道パターンで行くことにした。

これは小説でもかなり頻繁に使われている手法だ。

午後のお茶の時間。これを利用する。

私は厨房に顔を出し、料理長にお願いした。

「私、次の午後のお茶の時間に、生クリームがたっぷり使われたお菓子が食べたいのだけれど」

「生クリームですか？」

私のお願いに、料理長は首を傾げつつも了承してくれた。

「リクエストをいただけるのは嬉しいですからね。構いませんよ。奥様にご満足いただけるよう頑張りましょう」

「ありがとう。お願いするわね」

正式に婚約したこともあり、屋敷の使用人たちは皆、私を『奥様』と呼ぶ。

奥様。とても素晴らしい心揺さぶられる言葉だ。私も早く真の意味でのシリウス様の妻になりたいものだと心から思う。

とにかく事前準備は万端。

今日は庭の状態も良好なので外でお茶をすることになった。

くくく。渡りに船とはこのことか。シチュエーション的にも文句はない。

目の前には気難しそうな顔でケーキを咀嚼するシリウス様。私の目の前にも同じものがある。生クリームがたっぷり使われたイチゴのシフォンケーキだ。

料理長は約束通りたっぷり生クリームのおやつを用意してくれたようだ。

私はシリウス様に気づかれないように、自らの頰——殆ど唇の端に生クリームをこっそりつけた。

ふ……ふふ。

これぞ『生クリームがついていますよ、仕方のない人ですね。ちゅっ』作戦だ！

小説であまりにもよく見る展開。ヒロインの頰についた生クリームをヒーローが取ってくれるというものだ。

舌で舐めるなり、唇で吸い取ってくれるなりしてくれると最高なのだが、この際贅沢は言わない。指で取ってくれるだけでも構わない。だって指を使うにしても近づかなければならないし、近づいた瞬間わざとらしくないようにそっと目を瞑ればそのまま雰囲気に呑まれてキス。ここまでこぎ着けることが十分可能なのだ。……自画自賛してしまう程の完璧な計画。

「セレネ。頬に生クリームがついていますよ」

ここまでは予定通り。思った通り指摘してくれたシリウス様に、私は初めて気がついたという顔をした。

「え、どこですか？」

目を瞑り、わざと全く見当違いのところを擦ってみる。自分でつけたのだから場所だって完璧に覚えている。こうすればシリウス様が「仕方ありませんね」と言ってくれて、尚且つ自らの手で生クリームを取ってくれるという流れに自然にもっていけると踏んだのだが……。

「セレネの頬についている生クリームを取ってやりなさい」

「はい、旦那様」

シリウス様はとても冷静だった。

あろうことか近くにいた侍女の一人に申しつけたのだ。

正しい……とても正しい対応なのだが……それ、違う。違うの、シリウス様。私が求めているのはそれではないの。

呆然としているうちに侍女が濡れたハンカチでせっかくつけた生クリームを拭き取ってしまいあえなく終了。作戦失敗。

「どうしてええええ？」

部屋に戻った私は、再び項垂れることになったのだった。


——作戦その3。

「このままでは埒があかない……」

立て続けに二つの作戦に失敗した私は、酷く追い詰められていた。

手を繋ぐことも、キスも不可。後はどうすればいいというのだ。

「こうなったら夜這いでもしてもらえるように頑張ろうかしら……」

ヒロインの部屋にヒーローが忍んでくるのはお約束。しかし残念ながら私の部屋にシリウス様が来ることはない。何故なら私の部屋の扉には夜、鍵が掛かるから。

それを言い出したのはシリウス様で、防犯のためとのことだったが。

おとなしく言うことを聞き、鍵を掛けていたのだがもしかするとあれは……それこそ鍵を掛けなければ襲ってしまいそうだったから……とかだったりしないだろうか。

「シリウス様はクーデレ。十分可能性はあるわね」

必要なのはきっかけ。もし、私の部屋の鍵が掛かっていなかったら？　そうしたらシリウス様は欲望に負けて夜這いをしてくれるのではないだろうか。

「それよ！」

神の啓示を受けた私はさっそく計画を実行することにした。

わざと鍵を掛けず、わくわくしながらシリウス様の訪れを待っていた。

ちょっと大胆な夜着にも挑戦してみた。

さあ、シリウス様。襲うなら今です！

期待に期待をし、私はシリウス様を待った。しかし待てど暮らせどシリウス様は現れない。

「……考えてみれば、この計画には穴があったわね」

真夜中。ベッドの上で正座をし、私は一人反省会をしていた。

まず、鍵が掛かっているのかをシリウス様が確認しなければ始まらないのだ。普通に考えてその辺りをチェックするのは家令だろう。シリウス様ではない。

実は穴だらけの計画だということに気づき、私ははあと肩を落とした。

ついでに窓の鍵も開けておいたのだが、きっと気づいてはもらえないだろう。

私とシリウス様の寝室は、なんとベランダで繋がっているのだ。窓さえ開けておけば出入りは自由自在。

「でも、それだってシリウス様が知っていないとどうしようもない話なのよね……」

窓にはカーテンが掛かっているし、気づいてくれる可能性はほぼ0と言ってもいいだろう。

「また、失敗……」

今度こそと思ったのに。妙に疲れた気持ちになり、私はもぞもぞとベッドの中に潜り込んだ。シリウス様が来てくれないのなら仕方ない。夜も遅いしもう眠ってしまおう。

「ああ……いつになったらデレ期が訪れるのかしら……」

いつか来るはずのデレ期を思い、私は深い眠りについた。

◇◇◇

「んっ……んぅ……」

心地よく眠っていた私は、誰かが身体に触れている感触に意識を引き戻された。

大きな手が私に触れている。……でも、一体誰が？

よく分からないまま私は身体を捩《よじ》った。咎めるように引き戻される。

「セレネ……」

甘く蕩《とろ》けるような声が私を呼ぶ。どこかで聞いたことのある声。

少し考えたが、すぐにそれがシリウス様の声であることに気がついた。納得し力を抜く。

――ああ、なんだ。私はシリウス様の夢を見ているのか。

どうやら私はシリウス様が好きすぎて、ついには夜這いをしてもらう夢を見てしまったらしい。確かに眠る前夜這いをしてもらえるよう頑張ってはいたが、何も夢まで見なくても良いだろう。

でも、嬉しいからいいか。

たとえ夢だとしても、こうしてシリウス様に触れてもらえるのは嬉しい。

こんな夢なら毎日見たいと思いながら私は身体の力を更に抜いた。

抵抗する気がないのが分かったのだろう。くすりと笑った気配がして、夜着の紐がほどかれた。今日は夜着の下には下着をつけていなかったので、裸の胸が露わになる。

「んっ……」

節くれ立った大きな手が私の乳房を摑む。優しい触れ方に、鼻にかかった甘い声が出た。

「眠っているのに……感じるのですか？」

すくい上げるように乳房を持ち上げ、ふにふにと揉みしだくシリウス様。

これは夢。

目を開けてもいいのかもしれないが、なんとなくだが目を開けてしまえばこの素敵な夢は終わってしまう気がした。だから私は目を閉じたまま、シリウス様の行為をただ受け入れることに決めた。

ぎしりとベッドが軋《きし》み、シリウス様が私の上に跨《また》がってきたのが分かった。

両手で胸を愛撫され、無意識に声が上がる。自分が何度も読んだ小説のヒロインみたいに愛されているのだと思うと、下腹部がきゅんと疼《うず》いた。

「ひゃっ……んんっ」

「ああ、気持ち良いのですね。あなたは随分と感度が良いようだ」

指の腹で胸の先端を擦られた。びりっとした快感が身体に走る。よくヒロインが胸を愛撫されて気持ち良いと啼《な》いていたが、なるほど気持ちが分かると思った。

「んっ……んんっ」

あまり声は上げたくないのにどうしたって声が漏れてしまう。私の声を聞いたシリウス様は嬉しそうに胸の蕾を指で執拗《しつよう》に転がしてきた。

「やっ……ああんっ」

グリグリとこねくり回されれば、じんじんとした気持ち良さが身体の奥からわき上がる。二本の指でつねられると腰が跳ねた。

「あっ……！」

「指だけでこんなに乱れて……あなたは罪作りな人ですね。いつも私を煽《あお》ってばかりで……どれほど私が我慢を強いられているのか分かっているのですか」

我慢なんてさせていない。むしろ『待て』をさせられているのはこちらの方だ。

そう思ったが、シリウス様はまるで私が悪いかのように更に言った。

「ずっと想ってきたあなたにあんなに積極的に迫られて……私が冷静でいられると本当に思っていたのですか？　いつだって私は理性と戦っていたというのに……ああ、もう駄目です……」

譫言《うわごと》のように紡がれる言葉は、まさに私が願ってきた通りのもので。

さすが夢。どこまでも私に都合が良いようにできているものだと感心していると、胸を舌で舐められた。粘膜の感触に驚き、声を上げてしまう。

「ひやっ……」

私の上げた声を無視し、シリウス様は舌で乳輪を丁寧になぞっていく。舌を尖らせちろちろと舐められると、指で触れられた以上の刺激になった。

「んっ……んんっ……」

「はっ……こんなに育って……私のものです。あなたは全て私のもの……。誰にも渡しませんから……」

――勿論です。シリウス様。私はあなた以外の誰のものにもなりません。全てあなたのものです。

告げられる独占欲が嬉しくて、身体の奥からどろりとしたものが溢れたのが分かった。

夢だというのに生々しい。そういう小説ばかり読んでいたから、まだ処女だというのに妄想できるようになってしまったのだろうか。

胸の先を舌先でくすぐっていたシリウス様は、やがて我慢できないとばかりにがぶりと胸を口に含んだ。きゅっきゅっと吸い上げながら、胸の先を舐め転がしてくる。

「ふぁっ……」

「可愛いですよ、セレネ……。愛しています。あなただけをずっと……」

――嬉しい。

現実では言ってもらえない言葉を聞き、涙が溢れそうになる。これが本当だったらどんなに幸せだろう。

ちゅくちゅくと胸に吸い付いていたシリウス様だったが、やがてゆっくりと唇を離した。

溜息をつきながら言う。

「……本当はまだこんなことをしてはいけないのに……分かっているのです。あなたからの誘いに抗えなかった私が悪いのだと……でも……」

呟きながらシリウス様はそっと私の下腹部に触れた。直接触れられ、身体が震える。

シリウス様が笑った気配がした。

「ああ、怖いのですね。大丈夫。今日は最後まではしません。こんな……あなたが寝入った隙になんてそんな勿体ないことはしません。だって十年待ったのですから。あなたの唇と……処女はしかるべき時にいただきますから。だから今日は私に見せてくれるだけで結構です」

見せる？　どういう意味だろう。そう思っているとシリウス様によって両足が大きく割り広げられる。あまりのことに私は目を開けそうになってしまった。

な、何を？　シリウス様っ⁉

「ああ……あなたのここは綺麗ですね。ピンク色でひくひくしていて……私を誘っている。とろとろに蕩けて……蜜がたくさん溢れてきています」

うっとりとした声を聞かされれば、足を閉じようとする気も失せてしまう。

シリウス様が喜んでいる。

ものすごく恥ずかしい格好ではあるけれど、全てを見られてしまい羞恥《しゅうち》に消え入りそうだけれど、それでもシリウス様が喜んでくれているのなら我慢しようと思った。

それにこれは夢だ。夢なのだから恥ずかしがる必要なんてない。

「少しだけ……んっ」

「っ！」

じっと私の開いた秘部を見つめていたシリウス様が、何を思ったのかぺろりと舌で愛蜜を舐め始めた。突然の粘膜の感触に、びくりと腰を跳ねさせてしまう。

「んっ……甘い、ですね」

開いた陰唇から溢れる蜜を舐め取り、シリウス様がまるで酔っているかのような声で言う。再度足を広げさせ、ぺちゃぺちゃと秘部に舌を這わせた。ひくひくと震える内側の肉襞にまで舌を伸ばし、ちろちろと舐めていく。

「んぅ……んんっ」

恥ずかしいよりも、声を我慢する方が大変だった。

シリウス様は二枚の大きな肉ビラを舌で愛撫し、陰唇の奥から溢れる蜜をなめ回した。びくんびくんと腰が跳ねる。

夢にしては刺激が激しい。そう思いはしたが、深くは考えられなかった。とにかく眠っているふりをすることに必死だったのだ。

「ああ、陰核も膨らんで、ここも舐めて欲しいのですか」

そう独り言を言ったシリウス様は、刺激でむき出しになった花芽にまで舌を伸ばしてきた。突き抜けるような快感が全身に走り、私はぎゅっと目を瞑って耐えた。

「んんんっ……！」

「ああ、やはりここが一番感じるのですね。可愛らしい。たっぷり可愛がってあげましょう」

舌先を尖らせて花芽を舐め始めたシリウス様。シリウス様の行動はどんどん大胆なものになってきた。花芽を刺激しながら手を伸ばしてふるふると震える胸の先端をこねくり回してきたのだ。

「っ！」

「ああ、こうすると更に蜜が溢れてくるのですね。だらしなく涎《よだれ》を垂らして……私が舐め取ってあげます」

花芽を攻撃するのを止め、溢れ出した愛液を舐めることに夢中になるシリウス様。

その間も胸を弄る手は止まらない。むにむにと乳房を揉みしだきながら指の腹で先端をこね回すのが気に入ったらしく、ずっと触り続けている。

「舐めても舐めてもきりがない。あなたの蜜は底なしですね。こんなはしたない下の口は早く私のもので塞《ふさ》いであげないと……」

シリウス様は顔を上げ、私の足を広げさせたまま呟く。

「もうすぐ。もうすぐですから。そうしたらここも、その胸も唇も全身全てを可愛がってあげますから。あなたのこの蜜を滴らせる熟れた場所に私の男根を突き刺して揺さぶり、子種を一番奥に何度だって注いであげますから。一晩中可愛がってあげます。だからもう少しだけ待っていて下さい。可愛い可愛い私のセレネ。……愛していますよ」

そう言ってシリウス様は私の足を閉じさせた。脱がした夜着を着せ、元の通りに整える。

「窓に鍵を掛けないなんて悪い子ですね。私を待ってくれていたのなら起きていれば良かったのに。ああでも、もしあなたが起きていたらこんな悪戯《いたずら》はできませんでしたから……これで良かったのかもしれませんね」

名残惜しそうに告げたシリウス様は、私の頭をそっと撫でた。

「お休みなさい。私のセレネ。良い夢が見られますように」

良い夢なら今見ています――。そう思っているとちゅっと額に口づけられた。

初めての口づけに心が震える。

優しい口づけがもう一度今度は頬に落とされ、シリウス様の気配が遠ざかるのが分かった。それを寂しいと思いながらも心底満たされた私は、更に深い眠りへと誘われていった。


「……すごい夢を見てしまったわ……」

朝起きて、真っ先に口走ったのが今の言葉であった。

昨夜の夢。あまりにも生々しすぎる夢を私はしっかりと覚えていた。

遅すぎたデレ期とばかりにシリウス様が甘く私に触れてくれたこと。

愛しているのだと、十年間ずっと好きだったと言ってくれたこと。

あまりに自分に都合が良すぎて溜息しか出てこない。

「夢……だったのよね？」

未だ身体の奥がじんじんしている気がする。

だが夜着は当然乱れてもいないし、シリウス様が来た形跡などどこにもない。

やはり夢だったのかとがっかりしていると、こんこんと扉がノックされた。

返事をすると鍵が開けられ、侍女のリーリスが入ってくる。

——あれ？　鍵が掛かっている？

そういえばと窓を見ると、窓の方は鍵が開いたままだった。

ということは家令が屋敷の見回りをした際にでも、扉の鍵を掛け直したのだろう。

気にしないことにして、リーリスに着替えを手伝ってもらった。

私より十歳年上の黒髪黒目のリーリスは、私が生まれた時からつけられていた侍女だ。

私が結婚することになってリーリスを置いていくという話も出たのだが「お嬢様を一人にはできません」という彼女の強い意志もあり、こうして嫁ぎ先にもついてきてくれている。

私としても気心のしれた相手が側にいてくれるのはとても心強いので助かっているのだが、最近彼女の様子が少し変なことが気になっていた。

無言のまま支度を手伝ってくれるリーリス。いつもなら気にならないのだが、今朝に限って妙に気になるのは、咎めるような視線を時折向けられるからだろうか。

「リーリス……何かあるのならはっきり言ってちょうだい……黙っていられるのはつらい

わ」

耐えきれずそう告げると、私の髪を梳《と》かしていたリーリスの手がぴたりと止まった。

「セレネ様」

「何」

硬い声に、私の方も少し緊張する。一体リーリスに何があったのだろう。

リーリスの次の言葉を待っていると、彼女は一つ息を吐いてはっきりと言った。

「いい加減になさいませ、セレネ様。私はもう情けなくて情けなくて……旦那様に顔向けができません……！」

この場合旦那様というのは私の父のことだろう。父に顔向けできないと言ったリーリスの真意が分からず首をひねると、じっとしていて下さいと怒られた。……理不尽だ。

リーリスが髪を梳くのを再開させながら言う。

「セレネ様がノワール公爵様のことをずっとお慕いしていらっしゃったのは、勿論存じております。此度《こたび》の結婚が決まり本当に喜んでいらっしゃるのも。ですが、あまりにもあまりすぎます。貴族令嬢ともあろう方が、殿方に襲ってもらおうと努力するなど聞いたことがございません！　前代未聞《ぜんだいみもん》です！」

尤もすぎて咄嗟に返せなかった。

リーリスは常に私の側近くに控える私専属の侍女。

全てとは言わないが側にいればある程度は推測できるだろう。

どうやら彼女は私がシリウス様に襲ってもらおうとアレコレ画策《かくさく》していたことに気づいていたみたいだ。……どうりで最近冷たかった気がする。

「で……でも！」

私はなんとか言い返そうとした。私だってみっともないことをしているのは分かっていた。でも、必死だったのだ。

「でもじゃありません！　目を覚まして下さい、セレネ様。こんなことをして、本当に公爵様に振り向いていただけるとお思いですか？　逆効果ということは考えられませんか？」

「逆効果？」

思いつきもしなかったことを言われ、私は言葉を反芻した。リーリスが頷く。

「そうです。公爵様は王家にも連なる由緒正しき血筋の方。そのような方がセレネ様の常識外れの行動を見てどうお思いになるでしょうか。手遅れにならないうちに、正しき令嬢としての姿にお戻りになるのがよろしいかと」

「っ！」

鈍器で力一杯殴られたようなショックを受けた。

今まで全員から背中を押されてきたせいか、そちら方向では考えたことがなかったのだ。

嫌がられる嫌がられないでしか判断していなかった。

はしたない令嬢だと、作法のなっていない令嬢だと呆れられることに関しては全く考えていなかったのだ。だが言われてみればリーリスの意見は至極尤もで。

自分の思い違いを指摘され、私は思い切り項垂れた。

「ほ……本当だわ。私、なんということを……」

わなわなと震え出した私を勇気づけるようにリーリスが言う。

「ご理解いただけたのなら良いのです。大丈夫です、セレネ様。セレネ様はこの十年、どんな厳しい勉強や作法の授業にもついてきた方ではないですか。今からでも遅くはありません。清く正しい本来あるべき姿をお見せするのです。そうすれば公爵様もきっと見直されるはずですわ」

私は何度もこくこくと頷いた。頭を動かしたことはもう咎められなかった。

全く以てリーリスの言う通りだと思った。

恥ずかしい。自分の今までの行動を思い返すと羞恥にどこかへ埋まりたくなる。

恋は人を愚かにするとはよく言うが、まさか身をもって体験する羽目になろうとは思いもしなかった。周りが全然見えていなかった。

そうだ、どうして小説と現実が違うという簡単な事実にすら気づけなかったのだろう。

シリウス様がクーデレなんて、そんな馬鹿なことあるわけがないのに。

彼は私とは違って、理知的な方なのだ。そしてきっと礼節を重んじる方なのだろう。

本来、性交というものは結婚式を挙げて、その初夜に行われるべきもの。

シリウス様はきっとそれを守ろうとしていたに違いないのだ。だから婚約しても手を出さなかった。そんなことも考えず私は一人先走って……。

すっかり恋は盲目《もうもく》とばかりに突っ走ってしまった自らの行いを思い返し、私は全てを懺悔したくなった。

「今からでも間に合うかしら……」

震える声でそう問えば、勿論ですと力強い答えが返ってきた。

「セレネ様なら取り返せます！　ですからどうか妙なお考えはなさらないように……」

「分かったわ。ごめんなさい」

目が覚めたわと言えば、良かったとリーリスは涙目で頷いてくれた。

どうやらかなり心配させてしまったようだ。

こうなれば仕方ない。

私はその日の朝を以て全ての作戦を破棄《はき》し、貴族令嬢らしく清く正しく振る舞い、シリウス様と式を挙げる日をおとなしく待つことに決めた。

第三章　初恋の彼女を手に入れる方法

「セレネ、私の愛おしいセレネ。ああ、ようやくあなたに触れられます」

馬車の中、私は両手を組み、十年もの間愛し続けた人のことを考えていた。

ついに彼との約束を果たした。これで、セレネを名実ともに手に入れることができる。

今までを思い返し、胸が熱くなるのが分かった。

「やっとだ。やっとあなたに愛を告げられます……」

拳を強く握り、胸に手を当てる。

ここまでくるのに十年という長い年月が掛かってしまったが、こうなってみるとあっという間だった気がするから不思議なものだ。

私は馬車を出来る限り急がせ、愛しい人が待つ屋敷に帰った。

とにかく早くセレネと会いたいと思っていた。

再会してから今まで、本意ではないとはいえ、冷たい態度を取り続けたこと。それが原因でセレネを悲しませてしまったこと。

それら全てを謝罪し、愛を告げ、今日からは正しく婚約者として愛に溢れた生活を送りたいと思っていた。そのために十年間、ひたすらに耐えてきたのだから。

ようやく心のままにセレネを愛せるのだと思うと、場所をわきまえず叫びたくなる。

それくらい嬉しいと思っていたし、興奮もしていた。

私が愛を告げれば、セレネは喜んでくれるだろうか。

考えるまでもない。きっとセレネは心底幸せそうに笑ってくれるのだろう。

毎日私に愛の言葉を惜しみなく注いでくれたセレネだ。気持ちを返せば、喜んでくれないはずがないと思った。

今日もセレネはいつも通り「お帰りなさいませ。愛しています、シリウス様！」とでも言って、帰ってきた私に飛びついてくるだろう。

今までの私なら「離れなさい」と冷たく突き放すところだが、今日からは違う。「私も愛しています」と言って抱きしめてやろう。キスの一つもしてやるのもいいかもしれない。

セレネの驚き喜ぶ姿を想像し、楽しい気持ちになりながら扉を開けて中へ入った。

「――お帰りなさいませ、シリウス様」

「え？」

耳を疑うような、酷く冷静な声が私を出迎えた。甘さの欠片《かけら》もない声。腕に感じるはずの柔らかな衝撃もない。

いつもとは全く違う出迎えに内心驚愕しながらも、真意を見極めるように目の前に立つ婚約者の姿をただ見つめた。

これまでなら確実に腕に飛び込んできたはずの婚約者は、私に向かって品良く微笑むと、少し下がった場所で丁寧に挨拶をした。

「お早いお戻り大変嬉しく思います。今、お部屋の方にお茶の支度をさせていますので」

「え、ええ。ありがとうございます……セレネ？」

熱の全く感じられない声音に戸惑いを隠せなかった。名前を呼ぶと、セレネは微笑みを浮かべたまま返事をする。

「はい、シリウス様。どうかなさいましたか？」

「い、いえ。……どうやら疲れているようです。部屋に戻ります」

反射的に自室に戻ると告げると、セレネは素直に頷いた。

「分かりました。少しお休みになるのもよろしいかと。ではまた後で。よろしければお話など聞かせていただけると嬉しいです」

「そ、それは勿論」

「よかった。ありがとうございます」

美しい所作で頭を下げるセレネ。その態度も声音も高位の貴族令嬢に相応しいものである。だが、違う。そうではない。

私は下げられたセレネの頭を見つめながら、呆然と首を横に振った。自分の置かれた現状が全く理解できなかった。

一体セレネに何が起こっている？

どうして彼女は急に態度を変えた？

セレネの急激な変化に気持ちも態度も何もかもが追いつかない。

あまりにも突然、これまでとはがらりと様子を変えたセレネに、私はただ驚き混乱することしかできなかった。

◇◇◇

「セレネ……どうして？」

ふらつきながらもなんとか自室にたどり着いた私は、気持ちを落ち着かせようとセレネと出会った十年前のことを一人思い出していた。

——公爵という家柄の長男に生まれた私は、幼い頃からその跡継ぎを作る重大さを父に説かれて育った。

ノワール公爵家と言えば、古くは王家に連なる名家。父の言うことも理解できる。だが、まるで見合いのように引き合わせられる少女たちに、私は全く興味を抱けなかった。

少女たちに見向きもしないまま私は十五になり――父は本格的に焦り出してきた。

以前は控えめだった年頃の少女たちとの見合いもよりあからさまなものへと変わる。

「今日会ったジェリド伯爵の娘はどうだった？　なかなかの器量よしだと思うが……」

父の言葉にすぐに否定を返した。でなければ、瞬く間に婚約の運びになってしまう。

「皆変わりません。父上、どうかしばらく待って下さい」

「待てと言っても……。良家の子女は早くに婚約者が決まるのが普通だ。早く決断しないと碌《ろく》な女が残らないぞ」

父の言葉に一理あると思いつつも、やはり割り切れない。

俯きながら、それでも言った。

「とにかく、もう少しだけ待って下さい。義務は果たすつもりですから」

「……時間はあまりないぞ」

「はい」

なんとか父に話をつけ、鬱屈《うっくつ》した気持ちを抱えたまま外へ出た。ここ数年は王都に入り浸りの生活が続いている。婚約者を早く決めさせたいという父の思惑から所領ではなく王都に滞在しているのだが、私としてはさっさと所領に帰りたいという気持ちでいっぱいだった。

「あれ？　シリウス？」

うんざりした気分のまま歩いていると、頭上から底抜けに明るい声が聞こえてきた。

知った声に顔を上げる。

「ヘリオスですか……。馬に乗ってどうしました？」

声の主は宰相の息子で友人でもあるヘリオスだった。私の一つ年下の彼は侯爵家の跡継ぎでもあるのだが、彼の強い希望により王都に本部のある騎士団に入っている。もうすぐ叙勲《じょくん》されるらしいが、今はまだ見習いという立場なので寄宿舎にて集団生活を行っているのだ。

天才剣士との呼び声高いヘリオスは、身分も問題ないことから近い将来近衛騎士団の団長に推薦されるだろうと噂されていた。

そんな彼がなんの理由もなく王都を離れるとは思えない。だが乗っている馬は遠乗り用で、常になく急いでいるようにも見えた。

「ああ、今日は妹の十歳の誕生日なんだよ。ゆっくりはしていられないけれど、直接祝ってやりたくてね」

「そうでしたか……」

そういえば以前聞いた気がする。所領の屋敷に住むヘリオスの四つ下の妹の存在。宰相が溺愛しているらしいが、距離の離れた所領まで日帰りで行くというくらいなのだから、兄のヘリオスも可愛がっているのだろう。

「普段あまり会えないからたまにはね。それよりシリウス。お前こそどうしたんだい？随分酷い顔をしているけれど」

「……父上から見合いを勧められましてね」

「またか……お前も大変だね」

顔を背け吐き捨てると、然《さ》もありなんとヘリオスは頷いた。

ヘリオスにはすでに婚約者がいる。しかも望んだ相手だ。羨ましいと思いたくはなかったがそれでもつい、自分と比較してしまいたくなる。

溜息をついた私を見て、ヘリオスがそうだと馬上で手を打った。

「良かったらお前も一緒に来れば良いよ。少しくらい気分転換になるだろう」

「私がですか？」

唐突な申し出に戸惑っていると、ヘリオスはそれがいいと破顔した。

「そんな湿っぽい顔をしているより外の風に当たった方がよっぽどましだよ。いいから早く用意して。待っているからさ」

「いえ……私は」

「でも屋敷に戻ってもまた同じ話が待っているんだろう？」

「それは……」

その言葉に何も返せなかった。黙り込んでしまった私に、だから行こうとヘリオスが再度促してくる。結局私はその誘いを断りきれず、彼と共にブラン侯爵家の誕生会へ参加することになったのだが——。

——運命に出会った。

そうとしか思えなかった。

気乗りしないままやってきたブラン侯爵邸で開催された誕生日パーティー。そこで見る顔は王都と代わり映えもなく、皆宰相の機嫌を取りたいためだけにやってきたのだということがすぐに分かった。

——こんな茶番に付き合わされて、令嬢も気の毒に。

彼女の兄を除けば、純粋な気持ちで令嬢を祝いにきたものなど殆どいない。そんなパーティーの主役にされた、まだ十歳の少女の不憫《ふびん》さに苦笑した。

「ああ、父上と一緒にいるね。あれが僕の妹だよ。セレネというんだ」

「へえ……！」

ヘリオスの視線を何気なく追い、宰相にぺったりとくっついている少女に目が止まった。

途端、どくんと心臓が大きく音を立てた。

美しい金髪と琥珀色の瞳の少女。後ろに大きなリボンのついたドレスを着ている。ストレートの髪は綺麗に結い上げられていたが、丹念に梳られたのだろう。まるで黄金のようにキラキラと輝いていた。

少し怯えたように宰相の後ろに隠れる姿がなんとも可愛いと感じ、そう思った自分に驚いた。

可愛い？　可愛いと思ったのか、私は？

そして更に思う。

できれば宰相の後ろではなく私のところに来てくれないだろうか。

私が何者からも彼女を守る。だからこちらへ――と。

「おーい、シリウス？　どうした？」

ヘリオスの言葉にはっと我に返った。まるで白昼夢《はくちゆうむ》でも見ていた気分だ。目を瞬かせる。

それでも意識は少女から離れなかった。

どうしても我慢できなくなり、私はヘリオスに言った。

「……挨拶に行きます」

「え？　シリウス？」

「今日は彼女が主役なのでしょう？　何か問題がありますか？」

「いや、ないけど……ってシリウス！」

ヘリオスが少し咎めるような声で私の行動を止めたが、聞く気にはなれなかった。

私の意識はただ一人の少女に注がれたまま。

殆ど無意識で側に行き、彼女と目を合わせるべく膝を折った。

「あなたがヘリオスの妹のセレネ嬢ですか？」

「えっ……？」

「こんにちは」

糖蜜のような黄金の瞳が私を見つめる。その瞬間、心の奥底まで覗き込まれた気がした。

輝く黄金に全てをすくい上げられた心地になり、私はじっとセレネ嬢を見つめ返した。

心臓は早鐘のように鼓動を打ち続け、ドキドキと落ち着かない気持ちにさせてくれる。

だが不思議と不快には感じなかった。むしろもっとこの瞳を見つめていたい、いつまでも見つめられたいという気持ちになったくらいだ。

ぼうっとセレネ嬢に見惚れていると、笑い混じりの声が掛かった。

「なんだお前、シリウスに見惚れているのかい？」

ヘリオスの言葉に我に返った。そして驚く。

見惚れる？　彼女が？　私に？

瞬間、歓喜の感情が全身を駆け巡った。

私に見惚れてくれた――つまり彼女もまた、私に好感を抱いてくれたということだからだ。

そして嬉しいと自覚すると同時に、自分があり得ないことに、このまだ十歳の小さな少女に恋をしてしまったのだと理解した。

今までどんな女性と会っても心を揺さぶられることなどなかったのに。

セレネ嬢は一目で私の全てをさらっていってしまった。

ヘリオスと楽しそうに話すセレネ嬢をじっと見つめる。

まさかこんなところに私の運命の女性がいたなんて。

緊張しつつ、更に良い印象を与えるべく出来る限りの礼を尽くした。代わりに返ってきたのはとても可愛らしい淑女の礼。

まだ十歳という若さにもかかわらず、きちんと施された教育に感嘆の息が漏れる。

どうにかしてこの少女を手に入れたい。

自分の腕の中に閉じ込めて永遠に離したくない。

そんな次から次へとわき上がってくる醜《みにく》い感情を抑え込みながら、ヘリオスとセレネ嬢と会話を続けた。

やがて娘がいなくなったことに気づいたのか、宰相が慌てた様子で戻ってきた。

挨拶をすると、私がいるとは思わなかったのだろう。とても驚いた顔をされたが特に不快には思われなかったようで、逆に娘を預かって欲しいと頼まれた。

『客』と宰相は言ったが、あの感じでは部下が何らかの報告にきたのだろう。

随分と厳しい顔をしている。

国王が病に冒され、闘病生活を送るようになってから、かなりの年月が経っている。

もう長くないと言われている現状、何かあれば次は当然王太子が次代の国王に即位することになるが、王太子は私と同じでまだ十五だ。

年若い王太子に国を継がせることに反対する勢力が最近活発に動いているのは知っている。

おそらくその辺りの報告だろうと私は当たりをつけた。

宰相の頼みを快諾し、ヘリオスと三人で侯爵邸の奥庭へと移動する。

奥庭は薔薇が美しく一見の価値があった。薔薇を眺めるのに使っているのだろう。四阿があったので、そこに三人で腰掛ける。

話題は王都から来た人々のことになり、やがてセレネ嬢の婚約話へと移った。

自分が渦中にいるのだと気づき、不安そうにするセレネ嬢を見て、彼女を守るのは自分しかいないと深く決意する。

その場で跪き、迷わず求婚した。

「あなたが大きくなり結婚できる年になったら……どうか私と結婚して下さい」

「え……」

大きく目を見開き、驚愕を露わにするセレネ嬢。だが私は紛れもなく本気だった。

咎める視線を送ってくるヘリオスに冗談ではないと返せば、私の顔から本気を感じ取ってくれたのだろう。渋々といった感じではあるが、セレネ嬢に返答は任せるといった態度に変わった。

返答を目線だけで促せば、セレネ嬢は顔を真っ赤にさせながらも是と頷いてくれた。

「……シリウス様がよろしいのでしたら」

快哉《かいさい》を叫びたくなった。彼女からの確かな了承を受け、未来が大きく開けた気さえした。彼女が成人すれば、自分の妻としてずっと側にいてくれる。

嬉しくていつまでも彼女の右手を握っていると、「はいはい」とヘリオスが私とセレネ嬢を引き離した。むっとしたが、話は宰相の許可を得てからだと言われて強く頷く。

「勿論です」

当然それは理解していた。

私の方の両親は問題ないだろう。

婚約者を決めたと言えば二つ返事で認めるはずだ。セレネ嬢なら身分的にもなんの問題もない。年も五つ下なら丁度良いくらいだ。

それより問題は彼女の父親だ。王都でも宰相が娘を溺愛しているのは有名な話。その宰相が簡単に娘を手放すだろうか。

いや、どんな試練を与えられてもきっと乗り越えてみせる。

しーらないとヘリオスが呟いていたが、私は気にしなかった。

手に入れるべき未来が見え、浮かれていたのだ。甘く見すぎていたと言ってもいい。

だからだろうか。ヘリオスの危惧した通り、話はそう簡単にはいかなかった。


「セレネにはまだ早い」

「ですが……」

ブラン侯爵邸の応接室。目の前にはセレネ嬢の父。このリヴァージュ王国の宰相である
ブラン侯爵が私を鋭い目で睨みつけていた。

彼女と同じ琥珀色の目。だが、彼の方が少し冷たい色合いのような気がする。

あれから侯爵に再度会いに行き、時間を取って欲しいと告げれば、さすがは敏腕《びんわん》宰相。

用件を察したのか、後で屋敷へ来るようにと言ってきた。

身なりを整えて指定された時間に訪ねれば、宰相は話を聞いてくれたものの、その返答
は芳しいものではなかった。

「話はそれだけか？　ならば帰ってもらおう」

「待って下さい。私はセレネ嬢をどうしても妻に欲しいのです！」

「くどい」

視線も合わせず両断される。かといってこちらだって引く気はない。

私はもうセレネ嬢でなければ嫌だと思っているし、彼女にも約束した。

諦める気など微塵《みじん》もなかった。

「必ず幸せにすると約束します。それに私は公爵家の嫡男です。彼女に苦労は掛けさせません」

「……そういう問題ではない。セレネにはまだ早いと言っている」

私は食い下がった。それくらい必死だったのだ。

「でしたらいつなら良いのですか？　それなら許可をいただけるまで待ちます。ですからどうか。どうしても私は……彼女以外は嫌なのです」

「待つだと？　何を言って……」

「良いじゃないですか、父上」

ノックもなく扉が開いた。何食わぬ顔で現れたのはヘリオスだった。

ヘリオスの姿を認めた宰相は、眉根を寄せながら去れと手を振った。

「ヘリオス。誰もこの部屋に近づくなと言ったのを聞かなかったのか」

「聞きましたよ。でもこのままじゃ、シリウスは屋敷から追い出されるだけだと思って」

肩を竦めるヘリオスに、宰相はイライラとしながら言い放った。

「当たり前だ。セレネに結婚などまだ早い」

「でもねえ、実際の話シリウスなら良いと思うんですけど」

ヘリオスは扉を閉め、私たちの方へのんびりと歩いてきた。

「ヘリオス？」

訝しげな顔をする宰相にヘリオスは続けた。

「だってねえ。こいつ、セレネに一目惚れしたんですよ？　宰相と縁戚関係になれるから、じゃないんです。変な奴よりよっぽど信用できると思いますけど。それに身分だって次期公爵で安泰だし、公爵夫人ならセレネの嫁ぎ先としては文句のつけようが……ああ、シリウス。一応聞いておくけどまさか愛人なんて囲ったりしないだろうね？」

「まさか！　私は生涯《しょうがい》セレネ嬢だけだと誓いを立てても一向に構いません！」

誤解されるのが嫌で即座に否定を返す。

実際セレネ嬢以外の女なんて欲しいと思わなかったし、信じてもらえるのならなんでもするつもりだった。

ヘリオスが「ほら」と笑いながら宰相に視線を向ける。

「確かに僕も少し早いかなとは思いますよ？　でも、シリウスは間違いなく将来有望だし。そういう人材は早めに目をつけておかなくちゃ駄目だと思うんですよ。だっていざ嫁ぐ時になって変なのしか残っていなかったら……それこそセレネが可哀想でしょう？」

「うむ……」

息子の言葉に、宰相も少し考える姿勢を見せ始めた。ヘリオスがちらりと私に視線を送ってくる。まさかこんな形で協力してもらえるとは思わなかったが、正直とても有難かった。やがて、沈思黙考していた宰相が顔を上げる。

「シリウス殿」

「はい」

襟を正し、沙汰を待つ。宰相は重たい口を開いた。

「……待てる、と君は言ったな？」

覚悟を試すような口調に迷いなく頷いた。

「はい」

「……それなら一つ条件を出そう。それを達成できればセレネとの婚約を許可する」

「条件、ですか」

問い返す私に宰相ははっきりと言った。

「そうだ。君の噂は聞いている。優秀な公爵家の跡継ぎだとな。だが、実際の君を私は知らん。君がセレネを託すに足る男なのかどうか証明してくれ。地位だけではなく実力もある男だというところを私に見せてくれ。そうすれば娘をやろう」

娘を守れない男になど用はないと告げる宰相。私は宰相の言葉を頭の中で反芻させた。

──つまりは、納得できるだけの結果を見せろと、そういうことなのだ。

「分かりました」

「ほう？　私はそう簡単には頷かないぞ？」

すぐさま首を縦に振った私を見て、宰相は面白そうな顔になった。

半端者に娘を任せられない。娘を溺愛している宰相なら当然の言葉だと思うし、私だってセレネ嬢を自らの手で守りたいと思う。

断る理由はない。どんな無理難題を押しつけられるかと思っていたから、むしろすんなり納得できる理由で驚いたくらいだ。

「ふむ。娘が欲しいとの話、本気なのだな。いいだろう」

宰相は頷いた。おそらくだが、彼の提案に一瞬でも迷えば、話はなかったことにされてしまったのだろうと思う。宰相は決して甘い人物ではない。

「君が頑張っているうちは、娘を誰とも婚約させないと約束しよう」

「ありがとうございます」

頭を下げた。今はこれだけで十分。必ず宰相が納得できるだけの結果を出し、セレネ嬢を迎えに行くと私は自分に誓った。

◇◇◇

「……宰相は娘を嫁に出す気があるのでしょうか」

「さあねえ。父上も大分頑固な人だからなあ」

宰相と約束してから十年という歳月が流れていた。

あれから私は王都へ戻り、両親にセレネ嬢のことを話した。

婚約したい相手がいると言えば両親は大喜びしてくれたが、条件について話すと大丈夫なのかと心配された。

「宰相の溺愛ぶりは有名だ。そう簡単に娘を手放すとは思えないが……」

「私は彼女でないと嫌なのです。なんとしても必ずセレネ嬢を私の妻にします」

私の決意を聞き、両親は分かったと了承した。

もとより宰相の娘ならなんの問題もない。

むしろ今まで自分たちが連れてきた娘たちの誰より身分も年齢の釣り合いも良かったから、相手がセレネ嬢だということについては、よくやったと手放しで褒めてくれたくらいだ。

「それならば王都にいた方が何かと好都合だろう。お前は引き続きこちらに滞在するといい」

「ありがとうございます。そうするつもりです」

両親のバックアップを受けた私は、すぐさま宰相が納得できる実績作りに入った。

セレネ嬢には連絡を取らなかった。宰相から、結果が出るまでは会うなと念押しされたからだ。だがそれまでに、彼女に忘れられでもしたら目も当てられない。

せめてもと思い、彼女の誕生日には必ず毎年赤とピンクの薔薇の花束を贈った。

私がセレネ嬢に求婚した時に咲いていた花だ。

私はあなたを愛しているのだと、必ず迎えに行くのだということを伝えたくて贈ったのだが、彼女は気づいてくれただろうか。

メッセージカードの一つくらい添えたかったが、宰相の機嫌を損ねて花束がセレネ嬢に届かなくなってしまっては意味がない。

我慢して、花だけを贈るにとどめた。

「お前がそこまで一途な男だとは知らなかったよ」

ヘリオスが笑いながら言った。

「花束はちゃんとセレネに届いているから安心しなよ。大丈夫、お前の想いは妹に伝わっているさ」

定期的にセレネ嬢の情報を流してくれる友人の存在が有難い。セレネ嬢の様子を知ることができるお陰で私は頑張ろうと思えるのだ。

彼女は私が迎えに行くのを待ってくれている。

そう思えばどんな困難に直面しても踏ん張れた。

だが、宰相は本当に頑固な人物だった。この十年、様々な事案を手がけてきた自信はあるが、どれ一つとして満足してはくれなかった。

焦っていた。セレネ嬢は先日ついに二十歳になってしまった。

二十歳というのは成人。予定ではとっくに結婚しているはずだったのにままならないものだ。私も三年ほど前に父から爵位を継ぎ、すでに公爵として領地経営も手がけている。

私が王都にいる代わりに領地にいてくれる父からは、早くセレネ嬢との婚約を確実なものにするようにと矢の催促を受けていた。言われなくとも、私だって早く彼女と婚約したい。

「まあ、さすがに今度は父上も認めると思うよ」

「だといいのですけどね」

私の渡した書類を見ていたヘリオスが頷く。

今は年若い国王に反発し、反乱軍を組織しようとしている集団を捕縛《ほばく》するために動いている。五年前、宰相と父が潰した王太子の即位を反対していた集団の生き残りだ。根回しを済ませ、地道な調査の甲斐もあり、首謀者とそのメンバーのリストを手に入れるところまではきた。

この一件を片付ければ今度こそ。そう思い、頑張っているのだが。

「シリウス？　今度の夜会、お前も来るかい？」

突然、ヘリオスがそんなことを言い出した。何故いきなり夜会の話に？　そう思いつつ、肯定を返す。ついでにこの五年ほどで掛けるようになった眼鏡の位置を人差し指で戻した。

「ええ。たまには出席しておかなければなりませんから。それがどうかしましたか？」

「ふうん。なら楽しみにしているといいよ。きっと驚くことが起きるから」

くすくすと笑うヘリオス。今では親衛隊の隊長だというのに、彼は相変わらずこのような調子だ。

何を企んでいるのやら。

そう思っていたのだが、やってきた夜会の日。私は驚愕のあまりその場で棒立ちになってしまった。

「セレネ嬢……」

ヘリオスの隣に立つ女性。それが私の愛するセレネ嬢であることを、私は一瞬も疑わなかった。たとえ十年が経とうと見まがうことはない。

あの時少女だったセレネ嬢は、まるでさなぎが蝶に羽化するかのように美しく成長していた。

琥珀色の大きな瞳は艶を帯びて怪しく輝き、薄く紅をはいた唇はぷるりと潤い衝動的に口づけたくなるほどだ。あまり外に出ないのか肌は抜けるように白く、デコルテを強調する襟ぐりのあいた赤いドレスは彼女にとても似合っていた。きゅっと引き絞ったウエストは細く、なのに胸の辺りは豊かに膨らんでいる。

胸にはサファイアのペンダントが揺れていたが、あれは実はヘリオスに頼んで代わりにプレゼントしてもらったものだった。

「あなたからということにして渡して下さい」

でなければ、宰相に突き返されてしまうだろう。ヘリオスは「そこまでして自分のものアピールしたいのかい」と苦笑していたが、十年会えなければそれくらいしたくもなるというものだ。

実際私の瞳の色を身につけてくれた彼女を見て、醜いどろどろとした独占欲が満たされていくのが分かった。

「あんなに美しくなって……」

小さく呟く。その声に棘《とげ》が含まれているのは自覚していた。

何故なら周囲には彼女を気にする男どもが、それこそ数え切れないくらいにいたから。

視線を集めている当人はと言えば全く気づいていないようだったが。

彼女は私のものなのに。

腹立たしくてたまらなくなり、私は足早に二人の元へ向かった。

宰相との約束は分かっていたが、さすがにこの場合は不可抗力だ。

「セレネ嬢？　何故こんな場所に？」

そんなつもりはなかったのに責めるような口調になってしまった。

だが仕方ない。十年ぶりに近くで見るセレネ嬢は本当に美しく成長していたのだから。

人の心をかき乱すような印象的な容貌と立ち姿につい見惚れる。

彼女はまるで咲き始めたばかりの朝露《あさつゆ》に濡れる一輪の薔薇のようだった。

こんな魅力的な女性が夜会へだなんて、危険すぎる。

それとももしかして、私以外の男の気を惹きにきたのだろうか？

嫌な想像はすぐに自身を苛む。

ああ、もしそうだとしたら許せない。私はこの十年もの間、ただ一人彼女だけを手に入れたくて努力し続けてきたのだから。

その思いから厳しい言葉を発してしまう。青ざめた彼女を見て胸が痛むも、これくらい強く言っておけば、しばらくは夜会に出る気になどならないだろうだなんて思うのだから、私は大概酷い男なのだろう。だが、だとしても構うものか。

彼女は無自覚なのだ。どれだけ自分が魅力的なのか全く分かっていない。

イライラしているとヘリオスに少し落ち着けと宥められた。

そう言われても、こちらにとっても十年ぶりの邂逅《かいこう》なのだ。長年想い続けた彼女が、自分の想像よりも遥かに美しく成長している事実を目の当たりにして、どうして冷静になどなれよう。

そんな風に思っていると、セレネ嬢に声を掛けられた。振り返ると思いの外《ほか》真剣な顔をした彼女と目が合った。

「シリウス様。わ……私、今も変わらずシリウス様をお慕いしていますっ」

「は？」

全く以て情けないことに、こんな間抜けな言葉しか出てこなかった。

予想外すぎるセレネ嬢の言葉に、心が追いついてこなかったのだ。

動揺している私を余所《よそ》に、セレネ嬢は更に言葉を紡いでいく。

「好きです。大好きなんです、シリウス様。私、あなたの全てを愛しています。迎えにきて下さると仰っていたのに、お待ちしておりましたのにどうして来て下さらなかったのですか？」

「そ、それは……」

まっすぐに告げてくるセレネ嬢の瞳を、恥ずかしさのあまり正視できない。

ようやく彼女の言葉を理解した心が、歓喜に震えていた。

セレネ嬢は私を愛していると言ってくれた。この十年私と同じように私を待っていたと言ってくれた。それがこんなに嬉しいものだとは思わなかった。

なんとか言葉を返さないと。そう思うのに上手い返しが思いつかない。そのうち、我慢できないとばかりにヘリオスが笑い始めた。

――全くこの男は。他人事だと思って。

でもとにかく今は、美しい彼女の姿をこれ以上他の男たちに見せたくないという気持ちが一番だった。ただでさえ、宰相の娘という高い価値があるというのに、それに加え容姿まで美しいとくれば周りが放っておくわけがない。

私はまだ彼女の婚約者として認められたわけではないのだ。十年頑張ってきたのに今更横からさらわれてはたまらない。

さっさと退出させたくてつい酷い、思ってもいない言葉を吐いてしまった。

あっと思った時にはもう遅い。

ヘリオスが妹を連れて行きながら私を睨んでいたが、さすがにその視線は甘んじて受け入れなければと、私は一人項垂れていた。

◇◇◇

「シリウス様。好きです」

「……私は仕事があります。もう行きますから」

十年ぶりに会ったセレネ嬢は美しく成長し、私は更に彼女への想いを強くしていた。

一刻も早く婚約を確実なものにし、彼女を妻に迎えたい。そのためにもこの仕事を頑張らなければ。

そう改めて思っていたのだが、色々な予定が、その肝心の彼女によって崩されてしまった。

何を思ったのか夜会の次の日から、彼女は私の前に頻繁に出没するようになったのだ。しかも熱い告白というおまけつきで。

……勘弁して欲しい。私がどれだけ彼女のことを欲しいと思っているのか、彼女は本当に理解しているのだろうか。

宰相には結果が出るまでこちらからの接触や告白めいた言葉、つまりアプローチ全般を固く禁じられている。なのに彼女の方から来られてしまえば、私にはどうしようもなかった。

本音を言えば抱きしめたい。

私も愛しているのだと言って、その柔らかそうな唇を塞いでしまいたい。だがそれはできなかった。どこで宰相の手のものが見ているのかも分からないのだ。私にできるのは、冷たく彼女を突き放すことだけ。

それに王宮などうろうろしていれば、どこの誰に目をつけられるかも分からない。さっさと帰って、屋敷でおとなしくしていて欲しいというのが実際のところだった。

今も心を鬼にして彼女を追い払ったが、どうしても気になり柱の陰に隠れて先ほど彼女取り戻した。

隣に男がいることに気づき、一瞬頭に血が上ったが……ヘリオスだと分かり落ち着きを取り戻した。

……本当に私は、心の狭い狭量な男だ。

耳を澄ませると彼らの声が聞こえてくる。どうやらセレネ嬢はヘリオスから私の休憩時間の情報を得ようとしているみたいだった。どうりで絶妙のタイミングで現れるわけだ。

情報源を知り溜息をついていると、ちらりとヘリオスがこちらに視線を向けたような気がした。慌てて隠れる。

「――あいつなら午後のお茶の時間くらいに王宮の南側のフラワーガーデンにいると思うよ」

聞こえてきたヘリオスの言葉を理解し、私は愕然《がくぜん》とした。

どうして知っている！

セレネ嬢に帰って欲しいと思っているのも本当だが、会えて嬉しいのもまた本音なのだ。

特にセレネ嬢は夕方までいてくれることが多いから、それなら午後の時間も会えればと少し考えた。セレネ嬢は部屋にまで押しかけてくるような女性ではないから、外にいれば訪ねてきやすいかと思ったのだが、計画をしたのは昨日のことなのにどうしてそれをヘリオスが知っているのか。

人払いを頼んでおいたから、そこからばれたのかもしれない。

ともかくヘリオスは、私がそこに一人でいることをセレネ嬢に告げた。彼女の瞳が途端輝き出す。喜んでくれているのが分かりとても幸せな気持ちになった。

――ああ、早く彼女に好きだと告げたい。

心にもない憎まれ口など叩きたくない。

「本当にお前はシリウスが好きだねえ。一体あいつのどこがそんなに良いんだい？」

聞き捨てならない言葉が聞こえ、私は息を詰めた。セレネ嬢がさらりと言う。

「全て、ですわ。お兄様。好きでないところなどありません」

全く気負ったところのない言葉。

「くっ……」

……私はその場にしゃがみ込んだ。とてもではないが立っていられなかったのだ。

セレネ嬢がそこまで私を想っていてくれた。

それが嬉しくて嬉しくて、一瞬からかうようにヘリオスから視線を向けられたことも気にならなかった。

自分を落ち着かせて立ち上がる。これはなんとしても午後の時間を空けなければならない。自らの予定を頭の中で再度確認し、私は静かにその場を離れた。

午後になり、なんとか仕事に目処《めど》をつけた私は予定通り王宮の南側に位置するフラワーガーデンへと向かった。

兵に確認したところ、すでにセレネ嬢は来ているという。きっと待ち伏せしているのだろうと思うとその行動が可愛くてたまらなくなり、自然と口元が緩んでしまう。どこにいるのだろうとわくわくしながらフラワーガーデン内を散策する。そうすると茂みから急に飛び出してくるものがいた。

「シリウス様！　お待ちしていましたわ！　愛しています！」

一瞬何事かと思い身構えたが、すぐにセレネ嬢だと理解した。抱きついてきたセレネ嬢はまるで猫のようにごろごろと私に頬をすり寄せてくる。

……なんだこの可愛い生き物は。

あまりの可愛さに全身がかっと熱くなった。すり寄せられる身体の柔らかさに頭が混乱する。思わず抱きしめ返してしまったが、これは殆ど反射的なものだ。もし見られていたとしても、さすがに許して欲しいと思う。

セレネ嬢の甘い香りが鼻腔をくすぐり、たまらない気持ちになる。それを振り払おうと思うとどうしても言葉は冷たいものになってしまう。

こんな言葉しか紡げない自分が情けない。

愛しているのに。彼女だけを、ずっと想い続けているのに。

それでもなんとか用件を尋ねると、思い出したように彼女は私から離れた。

それをとても残念に思った。

殆ど初めて触れた彼女の身体は心地よく、いつまでだって抱きしめていたいくらい癖《くせ》になるものだったからだ。

ああ、もっと彼女に触れたい。

私も好きだと告げて彼女を、連れ去ってしまいたい。

きっと彼女はついてきてくれるはずだ。彼女も私のことを愛してくれているのだから。

そんな馬鹿なことを思いつつ、実行してしまわないようにじっと堪える。

せっかく今まで頑張ってきたのだ。この努力を無にすることはしたくなかった。

今回の用件を聞いてみると、どうやら今日の彼女は日記帳を持ってきたらしい。

どうぞと差し出してきたがさすがに受け取れない。やむを得ず拒否したが、彼女は気にした様子もなく適当な頁を開き、読み上げ始めた。

その内容はいかに彼女が私を想い、待っていてくれたのかというものだったのだが……

はっきり言って幸せすぎて死ぬかと思った。

だが幸せも長くは続かなかった。続いて読み上げられた彼女の日記。二ヶ月前の話を聞き、私は大きく目を見開いた。

——宰相が、婚約を申し出た男とセレネ嬢を会わせようとしていた。

概要を理解し、怒りで目の前が真っ赤になった。

どういうことだとその場で叫びそうになった。

結果が出るまでは待つと約束してくれたのではなかったのか。

信じられず私はセレネ嬢をその場に残し、急ぎ王宮の国王の執務室へ向かった。

今の時間、宰相はそこにいるはずだ。

「ひっ……ノワール公爵様」

「そこをどきなさい」

私の形相を見た警備兵たちは皆、焦ったように道を譲《ゆず》る。よほど怖い顔をしていたのだろう。自覚はあった。

「どういうことですか」

バンと派手な音を立て、執務室に入る。室内には丁度国王と宰相の二人だけがいた。

国王はヘリオスと同じで私の幼馴染みの一人でもあるし、私と宰相の約束も知っている。

だから遠慮なく宰相に詰めよった。

「宰相！　話が違います。あなたは私が結果を出すまではセレネ嬢を婚約させないと仰ったではないですか。なのに婚約の話が来た相手と会わせようとするとは、一体どういう了見ですか⁉」

宰相は気まずげに視線を逸らした。私に知られるとは思っていなかったのだろう。

「……婚約させたわけではない。約束は守っているはずだ」

「しかし！」

詭弁にすぎない。そう言おうとしたところで静かな声が間に入った。

「その話なのだが良いところにきたな、シリウス。丁度お前を呼ぼうと思っていたところなのだ」

「陛下？」

振り向くと、国王は静かに私と宰相を見つめていた。

「宰相。お前もだ。私の話を聞け」

「は……」

困惑《こんわく》しつつ宰相も頷く。

国王が一瞬、私に目配せをした気がした。

「私、ゾディアック・リヒト・リヴァージュの名の下に、シリウス・ノワールとセレネ・ブランの婚約、および結婚を認める」

「え……」

「へ、陛下！」

戸惑いの声は私。何を言い出すのかと焦り声なのは宰相だった。

宰相が国王に言う。

「い、いきなりどういうことですか！　ノワール公爵殿とセレネが婚約だなんて……」

国王は冷静な口調で宰相を宥めた。

「十年もあれば、見極めは十分だろう。シリウスは本気でセレネを想っている。そのことをお前だって疑ってはいないのだろう？」

「そ、それは……しかし約束が！」

そうだとばかりに声を上げた宰相に、国王は私が提出しておいた書類をひらひらと掲げた。

「シリウスが手に入れてきた、私に反乱を企てている集団のリーダーおよびメンバーのリストだ。手土産《みやげ》としてはさすがに十分すぎると思うが？」

「……まだ、捕えたわけではありません」

「往生際が悪いな、宰相。お前は他の点では文句のつけようがないのに、セレネのことに関してだけは異様に心が狭くなる。あの子も成人だ。そろそろ嫁に出すのも仕方ないだろう」

悔しげに歯がみする宰相に国王は更に言った。

「ともかく、私の名の下に婚約は認める。そうだな……宰相の気持ちも汲んで、結婚式はこいつらを捕えることができてからだ。どうだ？　それくらいなら、お前も譲歩できるだろう？」

「……分かりました」

がっくりと項垂れる宰相。だが次の瞬間には顔を上げ、私をまっすぐ見つめてきた。

「陛下のご命令とあらば仕方ない。それに君の努力を知らないとはさすがに言わん。私も随分と大人げないことをした自覚はある。……十年前の約束通り、娘は君に嫁がせよう」

「宰相……」

歓喜のあまり声が震えた。ようやくだ。ようやく彼女を手に入れることができるのだ。

じーんと感動に打ち震えていると、宰相がぎろりと人を殺せそうなほど不穏な視線を私に向けた。

「ただし！」

まだ何かあるのかと頰を引きつらせる私に、宰相は告げる。

「そのリストにあるメンバーを全員捕えるまで、婚約しても絶対に娘には手を出すな。これが条件だ」

「……承知しました」

セレネ嬢が処女のままでいることが条件だと言われ、一瞬言葉を失ったもののすぐに了承した。

私が頷いたのを確認し、宰相は少しだけ肩を落とした。

「娘の見合いの件だが……悪かった。あれはあまりにも娘が素直に君のことを慕っているのが悔しくてな。娘は断ったが、私の方に少々意地の悪い気持ちがあったのは事実だ」

すまなかったと謝罪されれば私の方もそれ以上は言えなかった。それに結果として、セレネ嬢は私と結婚するのだ。水に流そうと思った。

とにもかくにも、私は正式にセレネ嬢の婚約者になった。

だが念願の婚約者にはなったものの、ある意味今までよりもっと厳しい日々が私を待ちうけていた。

大喜びのセレネは今まで以上に私に懐いてきたのだ。

それはとても嬉しいことなのだが、我慢を強いられるこちらの身にもなって欲しいというのが本当のところだった。

宰相との約束がある。婚約まで持ち込んでご破算なんてことには絶対にしたくない。

今まで以上に気を引き締めて、セレネを遠ざけた。

……涙が出そうだ。

婚約者になってまで、セレネに冷たく当たらなくてはならないなんて。

せめてもの救いは、セレネが公爵邸に引っ越してきてくれたことだった。

今回の仕事が終われば私は領地へ戻るつもりだ。だから王都の使用人たちと今のうちに顔合わせさせておきたいと言えば、渋々ながらも宰相は了承してくれた。

お陰で婚約式を済ませた後は、二人きりの時間を堪能することができている。

　王宮へもめっきり行かなくなった。こちらでできることは全てこちらでし、王宮へは最低限しか訪れない。

　元々セレネが来てくれるから、必要がなくてもわざわざ王宮に顔を出していたのだ。セレネが私の屋敷にいる今、無理に王宮へ行く必要なんてない。

　なのに気持ちと行動は正反対だ。

　側にいるのに、正式な婚約者になったのに手を出せない苦しさから、今までよりも更にセレネには冷たく接してしまっている。

　それをなんとかしたいと思いはしたが、諦めた。

　多分気持ちが溢れてしまえば、私は簡単に彼女を奪ってしまうだろう。それは容易に予測できる話なので、やはり当面は今まで通りでいるしかないという結論に達したのだ。

　リストのメンバーを捕えるまでの辛抱だ。そうすれば誰に憚ることなくセレネに手を出せる。今まで冷たくしたことを誠意を持って謝罪し、その後はうんと優しく接しよう。そう思っていた。

　ところがだ。

　事情を知らないセレネは私の想いも知らず、様々な悪戯を仕掛け始めたのだ。

　多分焦れたのだろう。彼女の表情には明らかに焦りの色が見えていた。

　ある日のことだ。セレネは庭を散歩しようと提案してきた。

前日に大雨が降った後。散歩には不向きであることは一目瞭然だった。

何を考えているのかと付き合ってみれば、更なるぬかるみへ連れて行こうとする。慌てて諫めたが後で考えてみると……もしかして私に手を引かれたかったのだろうか。

街へ行きたいと誘ってきた時も、彼女が口にする場所は人混みが酷い場所ばかりだった。どうせセレネと出かけるのならもっと静かなところが良かったので一人で行けと言ったのだが、彼女は酷く傷ついた顔をしていた。

もし、私と手を繋ぎたいと思ってくれたのなら悪いことをしたと思う。

次にセレネが仕掛けてきたのはお茶の時間だった。

庭での午後のお茶。

珍しく生クリームのたくさんかかったケーキがお茶菓子としてでてきた。それは特に疑問に思わず、おそらくセレネが好きなのだろうと納得しながら彼女の方を見ると……何故か彼女は自分で頬に生クリームをつけていた。

とても一生懸命な様子で、私が見ていることにも気づいていないようだ。

その後一応、生クリームについて指摘してみたが……自分でつけたにもかかわらず、わざと彼女は見当違いの場所を擦っていた。

その目がキラキラと期待に輝いている。取って欲しいのだろうなとなんとなく予測がついた。だが、目を瞑ってこちらに顔を向ける彼女を見ていると、どうしても生クリームではなくそのぷっくりとした桜色の唇に口づけたくなってしまう。そんな欲望が抑えきれないのだ。

宰相は約束を守って、大事な娘を私にくれたのだ。

こちらも約束を守らなければ、さすがに申し訳がなさすぎる。

その思いで侍女の一人に彼女の頬の生クリームを拭き取るよう命じた。

セレネは非常に残念そうにしていたが、私の方ががっかりした。

その頬の生クリームを舐め取って、ついでに唇を奪ってやりたかったのに。

欲望を抑えながら平然と振る舞うのは、精神に非常な負荷が掛かる。

とても疲れた午後のひとときとなった。

こんな具合に、様々なことをしでかしてくれるセレネだったが、彼女の攻撃はまだ終わらなかった。

最後に彼女が行ったのは、今までの中でもっとも直接的なこと。

つい先日。私が寝室の窓際でぼんやりしていると、カチリと窓の鍵が外れた音が聞こえたのだ。

「え……？」

一瞬、空耳だったのかと思った。だが、間違いない。今の音はセレネの寝室の窓。その鍵が外された音だ。私とセレネの寝室は別部屋だがベランダで繋がっている。ベランダを通れば隣の部屋へは自由に行き来できるのだ。

「……誘っているのですか？　セレネ」

出した声はみっともないくらいに震えていた。

どう考えてもそうとしか思えなかった。今までの行動も全てそう。

大体彼女は最初から一貫して私に好意を伝えてくれている。婚約式まで済ませておいてキス一つしようとしない私に、彼女なりに手を出してもいいのだとサインを出してくれているのだと気づけば、後はもう彼女のいじらしさに胸が締め付けられるばかりだった。

「随分と、不安にさせていたのですね」

彼女は私と宰相の約束を知らないのだから当然だ。男の身勝手な都合で愛する人を悲しませていたのだと思えば、申し訳ないやら愛おしいやらでどうすればいいのか分からなかった。

「セレネ……」

我慢するしかない。

それでもどうしても辛抱できず、彼女に誘われるようにベランダへ出た。

そっと隣の部屋へ移動する。窓はやはり気のせいでもなんでもなく、開いていた。

「不用心ですよ」

言いながらも、そこまでしてセレネが私を求めてくれていたことに至上の幸福を覚える。

自分がどうするべきか、全く考えていない。

衝動に突き動かされるままに、彼女の部屋に入っていた。

「ああ……」

セレネはすうすうとベッドの中で眠りについていた。

もしかしてかなり待たせてしまったのだろうか。ここにくるまで随分と葛藤《かっとう》していたから。念のため扉を調べてみると、ある意味思った通りと言おうか、扉の鍵も開いていた。どちらからでも侵入できるようにしてくれたらしい。律儀なことだ。

不用心なのでそちらはカチリと鍵を掛ける。彼女の側に戻り、寝顔を見て帰ろうと思ったのに……どうしても我慢できなかった。

少しだけ、ほんの少しだけと眠っている彼女の夜着を脱がせて身体に触れ、彼女の秘められた全てを見た。私に反応して蜜を垂れ流す彼女の秘部は淫らに蠢き、私を誘っていた。

——ここに挿れたい。

だけども、ぎりぎりのところで理性を働かせた。つい欲望に屈して悪戯をしてしまったが、それでも全部貰うのは宰相との約束を果たしてからだと踏みとどまった。断腸の思いで彼女に夜着を着せ、その場を離れた。

なんとか部屋に戻った私は、ライティングテーブルの引き出しから書類を取り出し、それをただじっと眺め続けた。例のメンバーの名前が記されたものだ。

さっさと与えられた仕事を片付けて、名実ともにセレネを自分のものにしたい。その思いでいっぱいだった。

「待っていて下さい、セレネ。すぐに決着をつけますから」

これ以上、彼女に触れないでいるのは耐えられない。

彼らを捕縛する適切な時期を見ていたがもういい。すぐにでも実行してしまおう。でなければ、私の理性が限界だ。宰相の許しを得る前に、可愛らしいセレネの攻撃に全面降伏してしまう。それはできれば避けたい。

だってようやくここまで来たのだ。どうせなら大手を振って彼女を自分のものにしたい。

書類をライティングテーブルの引き出しに戻した私は、大きく深呼吸をして自分を落ち着かせた。

「愛しています。私のセレネ。もう少し、もう少しですから……」

必死で自分に言い聞かせる。

それから一週間。

少し強引にではあるが計画を早めた私は組織のメンバー全員を捕まえ、ついに宰相から念願の結婚許可を貰うことに成功した。

――やっと、やっとだ。

喜びに全身が震える。

ようやくセレネに触れられる。ようやく彼女に愛を告げられる。

そう思ったのに。

そう思って急いで帰ってきたというのに。

何故かセレネの態度は、それまでとは全く違うものへと変わってしまっていた。

◇◇◇

「セレネ……」

今まで起こったことを思い返してみたものの、結局全く落ち着けなかった。

セレネの行動が理解できない。こんなはずではなかったのにとひたすら首を傾げるしかなかった。

結局その日、驚愕のあまりセレネに手を出せなかった私だったが、セレネの変化は一日だけにとどまらなかった。次の日も、そのまた次の日も、彼女の態度は変わったままだったのだ。

セレネの立ち居振る舞いは、まさに見本とされるような貴族令嬢。今の彼女はそうとしか言いようがなかった。

だが彼女のこの劇的な変化の時期は、よくよく考えるとあの日からではなかった。

結果を出すのに必死で気がついていなかったが、一週間ほど前からすでに彼女はその片鱗を見せ始めていたような気がする。

そう……私がセレネの寝室に行った次の日からだ。

彼女にどんな心境の変化が起こったのだろう。まさかあの時彼女は起きていて、そして寝ていると思いこんで淫らなことをした私に愛想を尽かしてしまったのだろうか。

「それは……ないですね」

考えてから首を振った。

何故なら今まで誘ってきたのはむしろ彼女の方だったし、十年も私を信じて待ってくれた彼女が今更そんな些細なことで私を嫌うとは思えなかったからだ。

しかし今までと百八十度態度の違うセレネは私を戸惑わせるには十分すぎた。

今の彼女は以前までとは違い、淫らなことを一切受け付けない清廉さと鋭さがある。それを感じてしまえば迂闊に手を出すことは躊躇われた。

「一体どうすれば……」

自分の部屋で机に両肘をつきながら、ひたすらに悩んでいた。

せっかく彼女と幸せな生活を送れると思っていたのに。いきなりの急変ぶりにこちらの方がついて行けない。

思いのままに抱きしめれば「何をなさいます」と私を拒否さえする気がする。

そうなると男なんて意気地のない臆病な生き物だ。好きな女性に嫌われたくない。拒否されたくないという想いの方が勝ってしまう。手など出せるはずがない。

どうにかならないかと考え、結果思いついたのはなんとも消極的な方法だった。

セレネの反応を窺いながら、徐々に近づいていくというもの。

だが、それくらいしか思い浮かばなかったのだ。

まずは軽いスキンシップからと思い、偶然を装って手を握ろうとしてみた。だが彼女は天然なのか全く気づかず、私の握ろうとした手をひらりと躱《かわ》してしまった。

……わざとでないのは理解していたが、とてもとても傷ついた。

「セレネもこのような気持ちだったのでしょうか……」

それならとても悪いことをしたと思う。

立ち直るのに少々時間は掛かったが、なんとか思い直した。

次に、食事時にソースを口の端につけていたので、それを取ることを理由にキスでもしてやろうかと考えてみた。

多分だが、以前彼女がしようと思っていたこと。そう、同じことをするのだ。きっと気づいてくれるはず。そして目の一つでも瞑ってくれれば一気になだれ込めると思ったのに、「ソースがついていますよ」と言えば恥じらいながら「お見苦しいところをお見せして申し訳ありません」と自らナプキンを使って拭き取ってしまった。予想と違う展開に呆然とした。

そうではない。そうではないのだ。

私が自ら彼女の口の端についたソースを、丁寧に舐め取ってやりたかったのに。

そのついでにキスして、「好きです、セレネ」と告白してしまおうと思っていたのに。

予定が狂いすぎて、それ以上何もできなかった。

更には今度こそと夜這いを掛けてみることにした。前回はわざわざ鍵を開けて待っていてくれた彼女だ。今もそうに違いない。

だがいざ実行してみれば扉には鍵が掛かっていて入れなかったし、それならとベランダを通っていけば、こちらもしっかり錠が下ろされていた。

もしかしたら気づいてくれるかもと期待してしばらく待ってみたが彼女は一向に気づかず、一人惨めな気持ちを抱えて部屋に戻ることになった。

次の日くしゃみをしていると通りかかったセレネに、「風邪ですか？　あまりご無理をなさらない方が」と心配そうに言われ、心底泣きたくなった。

——我慢の限界が近づいていた。

もとより十年という長い期間、ひたすら彼女だけを求めてきた私だ。

それがようやく婚約を認められ、結婚の許可を得て、手を出すことすら自由になったというのに、肝心の彼女に触れられないなんて。

「セレネ……セレネ……」

以前のような甘い声が聞きたい。笑顔で抱きついてもらいたい。

もしかして、はしたなかったと反省しているのだろうか。それならとんでもない誤解だ。

私ははしたないなどと思っていなかったし、飛びついてきてくれる彼女はとても愛らしかったのだから何も問題はないはずだ。

最近は言ってくれなくなった愛の言葉も言って欲しい。そうすれば今度こそ私も応えるのに。それ以上に愛を告げて、彼女の全身に私の気持ちを刻んでやるのに。

ツンとすました令嬢の仮面をかぶる彼女が憎らしい。

そんな仮面は要らない。はぎ取ってしまいたい。私に抱かれたくて部屋の鍵を開けたままにしてくれる彼女の方こそを私は欲しいのだ。

悶々とした日が続いていた。

結婚式の日取りは決まり、後は式を待つだけ。

式が終わればそのまま所領へ向かうことになっている。

始まった結婚式の準備も、彼女は淡々とこなしているように見えた。

私と同じでセレネもこの日を心待ちにしてくれていたのではなかったのか?

どうしてそんな冷静な顔で、挙式後のお披露目の会場の収容人数について尋ねることができるのだ。新婚の花嫁らしく頬を染めて、来る式に想いを馳《は》せるのが普通ではないのか。

分からない、分からない。セレネの気持ちがどこにあるのか全く分からない。

彼女の心が見えず、溜息ばかりが漏れる。

考えすぎて袋小路にはまりそうだ。これはいけない。

悩むあまり部屋に引きこもりがちになっていたが、少しくらいは気分転換しなければと思い部屋を出た。廊下をぼんやり歩いていると、小さな声が聞こえてくる。

「ああ……ディードリヒ様、なんて格好良いのかしら」

「え？」

ぴたりと足が止まった。

声が聞こえてきたのは私の隣の部屋。それはつまり婚約者であるセレネの部屋で。

閉め忘れたのかほんの少し扉が開いていたせいで、中にいた彼女の声が外に漏れ聞こえてしまったのだ。

「ディー……ドリヒ？」

出した声は掠れていた。

誰だ、その男は。

一瞬で全身が沸騰したかのように熱くなった。ショックのあまり頭がぐらぐらと揺れている。セレネの口から零《こぼ》れた男の名に、息も止まりそうだった。

セレネは私が聞いているとも知らず、うふふと楽しそうに笑っている。

最近はすました顔ばかり見せているセレネの久しぶりの笑顔に視線が吸い寄せられる。

「略奪愛というのも悪くないわ。やっぱり女性は好きな人には多少強引にでも奪ってもらいたいものよね」

幸せそうな声で呟く彼女。

彼女の発した言葉に、ぶちりと頭のどこかが切れた音がした。

――略奪愛？

奪うというのか？　セレネを？　この私から？　そのディードリヒという男が？

そしてそれをセレネも望んでいると？

全身が怒りで震えていた。

私は静かにセレネの部屋の扉に向き直った。無言のまま、少し開いていた扉を大きく開け放つ。

「え……？　シリウス様？」

振り返ったセレネは私を見て、驚きの表情を浮かべた。若干《じゃっかん》困惑しているようにも見える。だが、知るものか。

私はセレネの部屋の中にずかずかと踏みいった。

私からセレネを奪う？　そんなことは許さない。絶対に許すものか。

「きゃっ」

ソファに座っていたセレネの腕を強く掴む。彼女が持っていた本が薄いピンクの絨毯《じゅうたん》の上に落ちた。

それを無視して、私は引きずるように彼女を奥の寝室へと連れて行った。

ついこの間。ほんの少し前。彼女に優しく悪戯を施したベッド。その上に、彼女を勢いよく転がす。

「あっ……シリウス……様?」

何が起こったのか分からないといった顔で私を見上げる彼女。その表情にはほんの少しだが恐怖が混じっているように見えた。

そんなセレネを見て、心が悲鳴を上げた気がしたが、私は敢《あ》えて気づかないふりをした。

だって私は、何があってもセレネを手放すつもりがないのだから。

これから彼女に行うことは単なる暴力。

本当は優しく、互いに愛を持って行いたかった十年待ち続けた行為。

こんな結末になるなんて思いもしなかったけれど。だけど誰にもセレネを譲りたくなんてなかったから。

「あなたは私のものです」

大きく目を見開く彼女に、眼鏡を外しながらそう告げた。逃げることもできず、硬直したまま私を見上げる彼女の上にゆっくりとのしかかる。

後戻りなんてしない。後でどんなに後悔しても構わない。
セレネを失わずに済むのならば、そのためなら私はどんなことでもしてみせよう。
それこそ鬼にでも、悪魔にでもなってやろう。
そうだ、セレネは私のもの。ただ一人、私だけのものなのだ。
だから絶対に譲らない。
——略奪など、させるものか。

第四章　婚約者の誤解の解き方

どうしてこんなことになったのかさっぱり分からない。

私はたった今まで、例の官能系の恋愛小説を読んでいただけだ。

数日前に発売したばかりの新刊。今回は略奪愛がテーマのそれを、午後の時間を利用してじっくりと堪能していただけなのに。

頭が混乱する。何が起こっているのか理解できない。

場所は私の部屋の寝室。そのベッドの上。

今、私にのしかかっているのはもうすぐ旦那様になる婚約者のシリウス様。

シリウス様はとても怖い顔をして私を睨んでいる。

恐ろしいけれどどこか辛そうな顔。そんな顔をされるのが嫌で手を伸ばそうとしたが、押さえつけられていてそれは叶わなかった。

「シリウス様……」

「あなたが何を考えているのかは知りませんが、逃がす気なんてありませんから」

「え……」

何を言っているの？　逃げる？　誰が？　私が？　シリウス様から？

そんな馬鹿な。

私はいつだってシリウス様だけを見つめてきたのに。

言葉を発せず呆然とシリウス様を見上げる。蒼玉が苦しげに揺れていた。

「あ……っ！」

口を開こうとしたところで、その口が柔らかい何かに塞がれた。

理解するまで数秒。やがてそれがシリウス様の唇だということに気づき……思い切り目を見開いた。

私、シリウス様にキスされている⁉

願いに願った状況。どんなに誘いを掛けても全く掛かりもしてくれなかったシリウス様が何故か今、私にキスをしてくれている。

……とても辛そうな顔で。

キスをしてくれるのはすごく嬉しいけれど、そんな表情をさせているのが悲しくて、嬉しいはずなのに泣きたくなってしまう。

唇が離れたタイミングを狙い、声を掛ける。

「シリウス様……どうなさったのですか？　どうしてそんなに苦しそうなお顔を？」

「あなたがそれを言うのですか……」

私に咎める視線を送ったシリウス様はまるで何かを吹っ切るように首を横に振った。

「今となればどうでもいいことですよ。……あなたは今から未来の夫である私に抱かれる。それだけなのですから」

「え……」

悲しげな顔と声で告げるシリウス様。

「泣こうが喚《わめ》こうが止めてなんてあげません。私がこの十年、どれほどあなたを求めてきたのか、その身体にたっぷり教えてあげますから」

——覚悟して下さい。

そして話は冒頭に戻るのだ。

◇◇◇

「ひうっ」

シリウス様の二本の指が肉壁を摩《さす》る。蜜口は彼の指を銜え込みひくひくとひくついていた。甘い刺激に、腰が何度も跳ねる。

「いけない人ですね。イく時は言いなさいと教えたのに。勝手に達してしまう悪い子にはお仕置きが必要ですね？」

「あ……ごめん……なさいっ……ひゃぁぁっ！」

もう一方の手で花芽をグリグリと押しつぶされた。強烈な刺激に、身を捩らせる。

小説でもこの場所を刺激されるとヒロインが啼いてよがっていたが、今ならその気持ちが理解できると思った。刺激がきつすぎるのだ。

「はっ……あ……シリウス様ぁ……」

「あなたの敏感な突起が触れて欲しいと大きく膨らんでいますよ。ほら、強く押されると気持ち良いでしょう」

「あっ……！」

花芽をきゅっとつねられると、あっという間にぞくぞくとした感覚がお腹の中からせり上がってくる。それがイくという感覚だとさっきシリウス様が教えてくれた。

想像していたものとは全く違う。頭の中が真っ白になる独特の感覚は思考能力を根こそぎ奪い、身体の力すら抜けてしまう恐ろしいものだった。

「ふぁ……んっ……」

啼きながら悶える私を見て、シリウス様が薄《うっす》らと微笑む。

「ああ、気持ち良いのですね？　ふふ……すぐにもっと気持ち良くしてあげますから。今、指を入れている場所に私のものを挿入してたっぷりと精を注いであげます。……その時あなたは、どんな絶望の表情を見せてくれるのでしょうか。楽しみですね」

「え……？」

じゅぷじゅぷと指を抜き差しさせながら、シリウス様が告げた言葉。

それを聞き、私は愕然とした。

絶望の表情？　どうして？

私はシリウス様を愛している。だから今だってわけが分からないながらもこの行為を受け入れているのだ。

勿論子種だって欲しいと思っているし、むしろここまでして貰えないと……その方が悲しい。

だからシリウス様の言う意味がさっぱり分からず、私はただただ彼の顔を見つめた。

私がじっと見つめていることに気づいたシリウス様が唇の端を吊り上げて笑う。

「どうしました？　言ったでしょう？　止めてなんてあげませんと。私はあなたを手に入れます。絶対に手放したりしません。そのためにも、まずはあなたに子を孕《はら》んでもらわなくては……」

「シリウス様……」

私は大きく目を見開いた。

私を手放さないために、子を孕ませる？　何故そんな話になっているのだ。

私はここにきてようやく、私とシリウス様が何か決定的なすれ違いを起こしていることに気がついた。

だってシリウス様は私を離したくないと言った。想ってくれていると言った。

そして私の気持ちはすでに伝えてある通り。誤解のしようもないはずだ。

それなのに無理やり事に及ぼうとするなんて、そんなの普通に考えてあり得るはずがない。絶対に何かシリウス様は勘違いをしているはずだ。

「ああっ……」

三本目の指が蜜壺に沈められた。すでに何度もイかされ、広げられた蜜道は三本の指をきついながらも受け入れる。それでも辛くて思わず目を瞑ると、中に埋められた指が容赦なく曲げられた。途端強烈な快感が全身を走る。

「あぁああっ！」

今までとは比較にならない刺激に涙が零れる。どろりと身体の奥から蜜が溢れてくるのが分かる。私の反応を見たシリウス様が満足そうに笑った。

「ああ、ここが特に感じるんですね？　いいですよ、たくさんここでイかせてあげましょう。できるだけ解した方が私もあなたも、後で楽しめますからね」

「あっ……待って……下さいっ……シリウス様……」

誤解を解かなければ。

私は必死だった。

シリウス様に抱かれるのは構わない。

ずっと望んでいたことだし、シリウス様が欲しいと言うのなら全部明け渡す覚悟はできている。

でも……せっかく互いに想い合っていることが分かっているのだ。それならば、もっと幸せにその時を迎えたい。でないときっとこの先誤解が解けても……今日のことをシリウス様は後悔し続けるだろう。そんなことはさせたくなかった。

「あっ……ふぅっんんっ」

「何を考えているのです？　私との行為に集中して下さい。それが妻になるあなたの勤めですよ」

考え事をしているのに気づかれてしまった。

シリウス様が指を奥の方に押し込める。指を曲げたままゆっくりと抜き差しを始めた。

「あっ……あっ……おねが……話を……」

全く遠慮してくれない。

私の感じる場所を探り当て、ひたすらそこを擦り上げてくる。気持ち良すぎて考え事がまとまらない。意識がすぐに流されてしまう。

それでも私は歯を食いしばり、シリウス様に告げた。

「愛しています……私、シリウス様を愛しているのに……どうしてこんな……私の想いをまだ信じて下さらないのですか？」

何を誤解しているのかも分からない。だからせめて一番勘違いして欲しくないことを告げた。

私がシリウス様を愛していること。それだけは疑って欲しくなかったからだ。

私の言葉を聞いて、シリウス様が少しだけ指の動きを止めてくれた。

だがその表情は硬い。

「愛している？　それはなんの冗談ですか。あなたはディードリヒという男が好きなのでしょう？　……その男に奪われたいほどに」

「え……？」

ディードリヒ様？

シリウス様の言葉に私は呆然とした。どうしてその名前がシリウス様の口から出てくるのか本当に分からなかったからだ。

だが、シリウス様が部屋に入ってくる直前に自分が新刊を読んでいたこと。

その際にディードリヒ様の名前を呼び、略奪愛が良いと呟いたことを思い出し……徐々に私の顔色は青ざめていった。

「あ……あ……」

まさか……まさかとは思うが、シリウス様はディードリヒ様を実在の人物と勘違いしているというのだろうか。そして私が心変わりしてしまったのだと……そんな風に考えたのだろうか。

ようやくシリウス様が豹変《ひょうへん》した理由に思い当たった時には、私の顔色は殆ど蒼白《そうはく》になっていた。

それでも、やっと得たヒントだ。本当にシリウス様が誤解しているのか確かめなければならない。私は震える声で言った。

「ディードリヒ様は……私が読んでいた小説の登場人物です。……実在する方ではありません……」

私の言葉にきょとんとしたシリウス様は騙《だま》されないとばかりに、眉を吊り上げた。

「何を馬鹿なことを……」

「ほ、本当です。お疑いならご確認下さい。先ほど読んでいた小説。あの、主室のソファの下辺りに落ちていると思いますから……」

シリウス様に寝室に連れてこられる時に落としてしまったのだ。

だからそう告げると、シリウス様はじっと私を見つめてきた。真実を求める瞳。その目を私は静かに見つめ返した。嘘なんてついていない。

私はいつだってシリウス様だけを愛してきたのだから。

見つめ合うだけの時間が流れた。やがて根負けしたのか、シリウス様が私からそっと視線を逸らす。

「……分かりました。あなたがそこまで言うのなら確認しましょう。ですが……逃げないで下さいよ？　もし逃げたりしたら、今度こそ私はあなたに何をしてしまうか分かりませんから」

「に、逃げません」

「それならいいのですけどね」

何故か信用のない私。悲しく思っていると、シリウス様は私の蜜壺から三本の指を抜いた。

「ふぁっ……」

「確認が終わったら、続きをします。逃がすつもりなんてありませんから、覚悟しておくように」

ぺろりと己の指を舐めるシリウス様の仕草に、顔が真っ赤になったのが分かる。

続き……。ついに、ついに抱いてもらえるというのだろうか。

そう思うと、今更ながらに胸がドキドキと高鳴ってくる。

シリウス様がベッドから降り、眼鏡を手に取って主室へ向かった。当然だが、シリウス様の服装に乱れは一切ない。

それに比べ私はといえば……可愛らしいレースが自慢のお気に入りのドレス。それがお腹の辺りまで下げられ、下着に至っては上下ともベッドの遙か向こう側だ。先ほどシリウス様に奪われ投げ捨てられたのだから当たり前なのだが……拾いに行っては、いけないんだろうな。やっぱり。

服装の乱れをできるだけ直そうと考え、しかし変に触ってはシリウス様にまた要らぬ誤解を与えるだろうかと思った私は、結局リネンを身体に巻き付けるだけにとどめた。

肌をさらしたままというのはさすがに恥ずかしかったのだ。

顔だけをひょこっと出した状態でシリウス様の様子を窺う。

シリウス様は私の言った本を見つけたのか、ソファの下から拾い上げている。

ああ、良かった。無事見つけてくれたようだ。

「あ」

そこで初めて気がついた。一瞬にして自分の顔色が変わったのが分かる。

だって小説の内容を確認してもらうというのは、私のその……官能描写のある恋愛小説を愛読する趣味が、シリウス様にばれてしまうということでもあるのだ！

「ひぃぃぃぃぃ……」

恐ろしい事実に気づき、私は小さく悲鳴を上げた。

確かに誤解は解きたかった。だが……まさか同時に私の趣味を暴露《ばくろ》することになろうとは……これは何か？　シリウス様に抱いてもらおうと変な画策を仕掛けた罰なのだろうか。

恥ずかしさのあまりリネンに埋まり震えていると、確認を終えたらしいシリウス様がこちらに戻ってくるのが足音で分かった。それでも顔を上げられない。

まともにシリウス様を見られなかった。

「セレネ……」

呼びかけられた声は先ほどまでとは違い、酷く甘ったるいものだった。

その声に後押しされ、私はおずおずと顔を上げる。

そこには、とても優しい顔で私を見つめるシリウス様がいた。

「シリウス様？」

シリウス様は苦笑し、私に本を差し出す。反射的に受け取ると、彼はベッドの端に座った。ギシリとベッドが軋む音がする。

シリウス様はふうと息を吐き、天井を見上げた。それから振り返り、私に言う。

「すみません、セレネ。あなたの言う通り、どうやら私は酷い誤解をしていたようです」

「あ……」

「ディードリヒ。確かにその本の中に出ていましたね。タイトルは『略奪～奪われた花嫁～』でしたか？」

「ひぃっ⁉」

笑いながらタイトル名を口にされた私は瀕死《ひんし》状態だった。

ぶるぶる震えていると、シリウス様が私から本を抜き取り、サイドテーブルの上に置いた。そして追い打ちを掛けてくる。

「まさかセレネがこんな本を読んでいるとは思いませんでしたが……」

「ち、違うんです！」

「違う？」

こてんと首を傾げたシリウス様が可愛い。

うっかり見惚れそうになりつつも、私は自分の意見を主張した。変な誤解をされてはたまらないと必死だった。

「そ、そうです！　これは友人に、シリウス様とのその……夜のことについても参考になると言われて勉強のために……あの、確かに物語としても楽しみましたけどでも、私は純粋な気持ちで！」

……言えば言うほど墓穴を掘っている気がするのは気のせいであろうか。

私の話を聞いていたシリウス様の顔が、何故かどんどん優しいものになっていく。

「セレネ」

ちゅ、と額にキスをされた。優しい触れ合いに、とくんと胸が高鳴る。思わず自分の心臓の辺りをぎゅっと摑んだ。

「シリウス……様」

「私とのために……勉強してくれていたのですか?」

「は……い……。ごめんなさい」

はしたない真似をして。申し訳ない気持ちになり再度俯くと、両方の頰にシリウス様の手が添えられた。そっと顔を上げさせられる。

「どうして謝るのですか? 私は、嬉しいと思っているのですよ?」

「嬉しい?」

視線が合う。眼鏡越しに見たシリウス様の青い瞳は、十年前見た時のように優しい光を灯していた。

「ええ、だってあなたは私に抱かれたいと思ってくれたのでしょう? 嬉しくないはずがありません」

「あ……」

小さく声を零す。うろうろと視線が泳いだ。

「本当に、私はもう少しで取り返しのつかないことをしてしまうところでした。セレネ、愛しています。私はこの十年、ずっとセレネのことだけを想って生きてきました」

「シリウス様……」

聞きたいと思っていた言葉がシリウス様の口から発せられ、私は胸がいっぱいになり、気づけばぼろぼろと涙を零して泣いていた。

そんな私をシリウス様が抱き寄せる。素直に腕の中に収まり、ぐすんぐすんと泣いていると頭をそっと撫でられた。

嘘みたいだ。あのずっと私に冷たかったシリウス様がこんなに優しくしてくれて、欲しかった言葉をくれるだなんて。

「夢……夢だったらどうしよう……私……」

現実とはとても思えない事態に思わずそう口走ると「夢ではありませんよ」と耳元で囁かれた。ふっと息が耳に掛かりぴくんと背中が震える。

「十年前、待っていて下さいとお願いしたでしょう？　時間は掛かってしまいましたが、約束通り私はあなたを迎えに来ました。愛していますよ。私はあなたを誰にも渡したくない」

「私も、私もシリウス様を愛しています……！」

泣きじゃくりながら、それでも想いを伝えるとぎゅっと強く抱きしめられた。

幸せすぎて、また新たな涙が零れ落ちる。

一度決壊した涙腺はなかなか収まらず、シリウス様の上着を随分と濡らしてしまった。

申し訳ないと謝罪すると、「その間ずっとセレネを抱きしめていられましたから。役得ですね」と凄絶《せいぜつ》な色香が含まれた声で微笑まれ、気絶しそうになった。

シリウス様の上着を掴みながら言う。

「わ、私の方が得をした気分です。シリウス様にずっと抱きしめていただけるなんて……」

「これからはいつでも抱きしめてあげますよ。これまでできなかった分も含めて。私たちは結婚するのですから」

「はい……嬉しいです」

甘い言葉に陶然としてしまう。

ああ、こんな風にシリウス様に愛される日々を私は待っていた！

でも、どうして急に態度が変わったのか、それだけはやっぱり気になってしまう。

「シリウス様？　一つお伺いしても構いませんか？」

「ええ、いくらでもどうぞ」

優しく促され、私はごくりと唾を呑み込んだ。恐る恐る尋ねる。

「あの……どうして今までシリウス様はずっと冷たい態度だったのでしょう……？　私、てっきり嫌われてしまったものだとばかり……」

不安で語尾が小さくなっていく。シリウス様は然もありなんと頷いた。

「誤解させてしまったのならすみません。私がセレネを嫌うなんて、天と地がひっくり返ってもあり得ませんよ。宰相に認められるまではあなたを口説くような態度を取らないと、そう約束していたのです」

「お父様と？」

「ええ。……私も辛かったのですよ？」

ずっと私に会いたかったのだと、好きだと言われて応えられないのが辛かったと告げるシリウス様。

十年間努力し続け、ようやくつい最近父に認められたのだと彼は言った。

それなのに私の態度が急に変わってしまったのが悲しかったのだと言われ、私は自分が間違っていたことを知った。

「ごめんなさい。私、焦りすぎて……あまりにもはしたない真似をしてしまったかと反省したのです。こんな女ではシリウス様に相応しくないと、せめて今からでも理想の令嬢であろうと思ったのですが……」

「必要ありません。私は、素直に想いを告げてくれるあなたがとても愛おしかった。どうかこれからも今まで通りのセレネでいて下さい」

「シリウス様がそう仰るのでしたら……」

忠告してくれたリーリスには悪いが、シリウス様がそれでいいと言うのだ。

従うのが筋であろう。

こくんと頷くと、ぽすりと身体がベッドに倒されたのが分かった。巻き付けたリネンを取り払われる。

「シリウス様？」

「先ほどの続きをしましょう、セレネ。私はもう待てません」

「あ……」

ゆっくりと私にのしかかってくるシリウス様の目には熱い炎が宿っていた。

私を欲しているからだと気づき、身体が歓喜に震える。

「愛しています。私は、ずっとあなたが欲しかった。……セレネ、あなたはどうなのです？」

静かに問い掛けられる。私の答えは決まっていた。シリウス様に手を伸ばす。

「私も、私もずっとシリウス様に愛されたかったです。シリウス様、どうか私の全部をシリウス様のものにして下さい」

シリウス様の眼鏡を伸ばした手でそっと外す。シリウス様は苦笑して、私から眼鏡を取り返した。サイドテーブルに置き、私の頬に手を添える。

「ええ、あなたは十年前から私のもの。ようやく真の意味であなたを手に入れることができます」

「シリウス様……」

シリウス様の顔がゆっくりと近づいてくる。キスされるのだと気づき、私は静かに瞳を閉じた。すぐに柔らかく温かい粘膜の感触が唇に触れる。

「んっ……」

幸せな感触に口元を緩めると、頬を撫でられた。

「セレネ、口を開いて？」

シリウス様の促しに応じ、閉じていた唇を開ける。するとシリウス様も少し口を開いて口づけてきた。口腔内に違和感。にゅるりとしたシリウス様の肉厚な舌が私の口の中に侵入してきたのだ。

「んっ……んんぅ」

シリウス様の舌の動きは実に巧みだった。

逃げようとする私の舌を己の舌で搦め捕り、擦り合わせる。舌先同士で擦り合うとなんとも気持ち良くて、癖になった私は夢中でシリウス様と舌を絡ませた。

「んんっ……」

ぺちゃぺちゃと唾液の音がする。

シリウス様から流し込まれた唾液が口内にたまり、どうしようもなくなった私はこくんと唾液を嚥下《えんか》した。それに気づいたシリウス様が褒めるようにもう一度頬を撫でてくれる。大きな手が首筋を撫で、そのまま胸へと到達する。

「あっ……」

すでに下着をはぎ取られ、ドレスを下げられていたので胸には何も覆いをつけていない。直接触れられ、ぴくりと身体が震えた。

「前から思っていましたが、セレネは敏感な身体をしていますね」

もう一度舌を絡め、それからちゅっと軽い口づけをして、シリウス様が顔を上げる。

シリウス様がいつの話をしているのか分からない。声が困惑したものになった。

「前……ですか？　それっていつの……っあ！」

「ほら、やっぱり」

胸の先を弾かれ、甘い声が上がる。そのままクリクリと指の腹でこね回されると、お腹の奥がじんじんした。

「あ……は……んっ」

「可愛い声ですね。やっぱり、起きている時のあなたの方が良い」

「起きてるって……え？」

「以前あなたが窓の鍵を外してくれた時に、少々悪戯させてもらったのですよ？　あなたは眠っていたみたいですが」

「え……あれ、夢じゃ……」

さらりと告げられた事実に目を瞠る。あれは私が見た都合の良い夢だと思っていた。

胸や秘部に触れられた、とても恥ずかしかった夢。

驚く私にシリウス様はおやと目を瞬かせる。

「もしかしてとは思っていましたが、やはり気づいていたのですか。夢だと思ったのです?」

こんなことをしたのに？　と笑いながらシリウス様は私の胸の膨らみにかぶりついた。

「ひゃっ……だって……」

あの時のシリウス様は今とは違い、とても冷たかったから。

あんなに優しい声で私に触れてくれるなんて、夢くらいでしかあり得ないと思ったから。

胸の先を強く吸われ、私は高い声を上げた。

「あああっ！　やあん……シリウス様、そこ、吸っちゃ駄目ですっ」

ちゅうちゅうと吸われる度に腰が跳ねる。もう片方の胸も二本の指でつねられると、頭の中がぐちゃぐちゃになるような気がした。

「や……もう……」

「こんなに感じやすいのに……あの夜は我慢していたのですか?」

「ん、だって夢だと思って……いましたから……」

目を開けたら夢が終わる気がした。だから我慢したのだとそう素直に告げれば、シリウス様はとても嬉しそうな顔をした。

「馬鹿ですね。夢のはずがありません。……夢になどさせませんから。ああ、そうだ、セレネ。一つ聞きたいことがあります」

「はい……んっ……なん、でしょうか……ああんっ」

乳房を強く揉みしだき、指の腹で先端を強く押しつぶしながら尋ねてくるシリウス様。何度も刺激を与えられると気持ち良くて、言葉を発するどころではなくなってしまう。シリウス様がゆっくりと言葉を発する。それを聞き逃すまいと私は耳を澄ませた。

「あの夜……どうして鍵なんて開けていたのですか？　不用心ではありませんか」

もしかして誘っていたのですか？

そう尋ねられ、私はこくりと頷いた。シリウス様には何も隠したくなかった。

「そ、です……。どうしてもシリウス様に抱いていただきたくて……私」

「そうかなとは思っていましたが……それではやはり、その前の生クリームや雨上がりの庭の散歩も？」

「はい……」

一生懸命頑張ったのに相手にもされなかったことを思えば、気持ちも沈む。

「……お気づきになられていたのなら、引っかかって下さっても良かったのに」

恨めしげな声になったのは仕方ない。シリウス様は少し苦笑した。

「言ったでしょう？　私は宰相と約束があったのですよ。あなたの張った可愛らしい罠に引っかからないようにするのは大変でした。なんの拷問かと思いましたよ」

「拷問だなんて……」

「あなたに触れたくて、おかしくなりそうでした」

効果は抜群でしたよと笑い混じりに告げられ、全身が羞恥に染まる。

乳房を緩急つけて揉んでいた手がまた先端に触れた。強めに刺激を与えてくる。

「あっ……シリウス様っ……そんな、クリクリしちゃ……も、話せないですっ……ああんっ」

「ふふ、疑問も解消できました。あなたを可愛がる時間は少しも無駄にしたくないのですよ。ほら、こちらも可愛がってあげましょうね」

そう言ってシリウス様は私の膝を立てさせ、大きく足を広げさせる。先ほどまでシリウス様の指を三本受け入れていた秘裂は淫らに蠢き、だらしなく口を開けて愛液を垂らしていた。

「ああ、また濡れてしまったのですね。そんなに私に胸を弄られるのは気持ち良かったですか？」

——正直に言いなさい。

シリウス様に見つめられながら命令されると、私はもう素直に頷くことしかなかった。

「はい……シリウス様に触ってもらえて、すごく気持ち良くて私……お腹の奥が熱くってどろって中から出てきたんです……」

　私の答えを聞き、シリウス様は満足そうに目を細めた。

「良い子ですね。もっと気持ち良くしてあげましょう。もう少し足を開きなさい」

「はい……」

　羞恥に悶えながらも言われた通り足を開くと、シリウス様は二本の指を蜜壺にぐちゅりと押し込めてきた。ぬかるんだ蜜壺は苦もなく指を呑み込んでいく。

「ふぁっ……」

「これだけ濡れていれば痛くないでしょう？　先ほども丁寧に解してあげましたからね」

「は……い、大丈夫です」

　あるのは違和感だけだ。ぐちゅりぐちゅりとシリウス様の指が私の中を押し広げるよう動く。時たまとても感じる場所をわざと擦り上げられて、その度に私は嬌声《きょうせい》を上げた。

「ああっ！　シリウス様っ……そこ、駄目です……っ。変な感じで……」

「駄目じゃないでしょう？　ここはセレネの気持ち良い場所なんですから、もっと触ってあげますよ。先ほどのように意地悪は言いません。好きにイって構いませんからね？」

「あっあっ……」

「びくびく身体を震わせて……本当にセレネは可愛いですね。ほら、もうイきそうなんでしょう？　中がうねってきましたよ？　達しやすいようにこの可愛く膨らんだ陰核も弄っ

「あ……あ……駄目……駄目……あああああっ」

花芽をむき出しにされ、くすぐるように何度も触れられた。先ほどから何度も達してしまったその特別な場所を刺激されれば、また呆気なく上り詰めていく。

「少しだけ摘まんであげましょうか。ほら……イきなさい」

「んんんんっ！」

頭の中が白一色に染まる。一瞬だけピンとつま先が伸びた。身体が弛緩《しかん》していく。

「ふ……あ……あ……」

「ふふ、可愛い顔でイけましたね。そろそろ、セレネを貰ってもいいですか？」

欲の滲んだ声に、私はぼうっとしながらも頷いた。

早くシリウス様と繋がりたい。でも、一つだけどうしても不満があった。

「シリウス様……先に服を……脱いで下さい」

「ああ……そういえば」

忘れていましたとシリウス様は目を瞬かせた。

「そうですね。初めてあなたと身体を重ねるのに、服を着たままだなんて無粋《ぶすい》でした。ほ

ら、あなたもきちんと脱いで下さい」

てあげましょうね」

「はい……」

シリウス様の手で、纏わり付いていただけだったドレスがするすると脱がされていく。シリウス様もさっと服を脱ぎ、互いに生まれたままの姿になった。

「セレネ……」

「シリウス様……どうか、来て下さい」

抱きつきたいと両手を伸ばすとシリウス様は少し屈んでくれた。

私の両足を大きく広げ蜜口を露わにする。そこにぬるりとした熱いものが触れた。

不思議な感触。熱を持っていて、柔らかいような気がするのに、中は芯が通っているかのように硬い。

シリウス様の屹立《きつりつ》が押しつけられたのが分かり、身体が期待に戦慄《わなな》いた。

「あ……」

「挿れますよ、セレネ。辛いようなら私の肩に爪を立てなさい」

「だい、じょうぶ、です」

了承を告げると共に、花びらの奥に亀頭がつぷりと侵入してきた。異物が入り込む違和感に一瞬だけ腰が引ける。

「んっ……」

「セレネ、愛しています。力を抜いて……」

「はい……」

シリウス様の言葉に勇気を貰い、私は必死で身体の内部に潜り込んでくる肉棒を受け入れようと力を抜いた。

それでも緊張しているのか、どうしても力が入ってしまう。

「んっ……」

シリウス様が丁寧に解してくれたお陰であまり痛みはない。むしろ圧迫感の方がきつかった。肉棒が意思を持って奥へ奥へと突き進んでくる。処女肉を押し広げ、力強く内部へ侵入してくる。

「はっ……あ……くぅん……」

「くっ……あれだけ解してもまだ狭いですね。セレネ、辛いでしょうけど我慢して下さい」

私は無言でこくこくと何度も頷いた。シリウス様に必死にしがみつき、圧迫感と先ほどから感じ始めた鈍痛に耐える。シリウス様の肉棒が狭い隘路を進んでくるのが分かる。

膣肉が強引に開かれ、引きつるような痛みを訴えていた。

ぐっぐっとシリウス様が腰を押しつける度に、肉棒は私の身体の奥に確実に埋まっていく。時間を掛け、ついには誰にも侵入を許したことのない最奥へと到達した。

「あ……はぁ……」

「よく頑張りましたね、セレネ。全部入りましたよ」

褒められるように頭を撫でられ、私は目を細めた。

ようやくシリウス様と一つになれたのがとても嬉しかった。涙が一筋零れ落ちる。それをシリウス様が唇で吸い取ってくれた。

「んっ……嬉しい、です。私の中に……シリウス様がいるの……分かります。あの、動いて下さって構いません。私は平気、ですから」

荒い息の中そう告げる。

そうだ、大丈夫だ。私は小説でしっかりと勉強してきたのだ。

挿入すると、男性はすぐに肉棒を激しく突き上げてくるものらしい。

挿れたままで何もせずじっとしているのは辛いのだと本のヒーローは言っていた。

痛みはまだあってじんじんとしているが、それでもシリウス様に気持ち良くなってもらえるのなら我慢できると思った。

私の言葉を聞いたシリウス様は、欲の滲んだ瞳を細めて笑った。

「またあなたはそんなことを言って。本当は痛むのでしょう？　もう少し、このままじっとしていますからね」

「で……でも、お辛いのでは……？」

「辛くないと言えば嘘になりますが、こうしているだけでも十分気持ちがいいですよ。あなたの中の肉襞が絡みついて、じっとしているだけでも締め付けられて吐精してしまいそうです。あなたの中はとても狭いですから。その分締め付けも強烈ですね」

「シリウス様……」

私がシリウス様を締め付けて離さないのだと言われ、もう恥ずかしくてたまらなくなる。

きゅうっとお腹の奥が収斂し、シリウス様が顔を歪めた。

「ほら、だから締めないで下さい。痛いですから」

「あっ……」

自分でも分かった。私の中が侵入しているシリウス様を締め付けたこと。私の中がシリウス様が欲しいと蠢いていることがはっきりと分かった。

だから私は勇気を振り絞って言った。

「シリウス様……も、いいですから……動いて下さい」

「しかし、痛みは?」

「少しくらい大丈夫です。私、シリウス様にもっと気持ち良くなってもらいたいのです」

そう告げると、シリウス様は嬉しそうに口元を緩めた。

「可愛いことを言ってくれますね。それなら少しだけ……いいですか?」

「はい」

ちゅっと唇に口づけた後、私の両足を抱え、シリウス様がゆっくりと反応を窺うように抽挿を始める。

疼痛に少し顔を歪めたが我慢できないほどではなかった。私にできるだけ負担を掛けないようにとシリウス様が気遣ってくれたお陰で、じわじわとした気持ちよさが内部に生まれ始めていた。私の反応から気づいたのだろう。シリウス様が、徐々に動きを激しくしていく。

「はっ……あ……あ……シリウス様ぁ」

ぎゅっとシリウス様に抱きつく。目を見つめると、噛みつくようなキスをされた。口を開けると舌がねじ込まれる。余裕のないシリウス様の行動が嬉しくて仕方なかった。

ぐっぐっと腰が押しつけられる。舌で口内を蹂躙《じゅうりん》され、肉棒で蜜道を深く穿《うが》たれている。

上下両方からの強烈な刺激を私は必死で受け止めた。

肉棒が肉壁を擦り上げながら奥へ向かう。次にゆっくりと腰を引き、激しく奥に押し込められた。肉棒が動く度に肉襞が追いかけるように蠕動《ぜんどう》し、絡みついていく。

そのうち腰が自然と揺れ始める。

「あっ……あ……」

「セレネ……気持ち良いのですか？」

シリウス様の頬から汗がしたたり落ちる。眉が寄っているのは、シリウス様も限界が近いからだろうか。

「は、い。中を擦っていただくの、気持ちがいいです……」

快感は徐々に大きなものになっていた。

私の表情を見ながら動きをどんどん大胆なものにしていったシリウス様が、ぐいっと一際強く最奥をついた。その瞬間痺れのようなものが全身を駆け抜ける。

「あああっ！」

「ここ、気持ち良いですか？」

「あ……分かりませ……でもじんじんして……」

子宮が痺れるような感覚だった。その場所を突かれた途端、全身がびりびりしたように感じたのだ。

「セレネにはまだ早かったですね。近いうち、ここを突いて欲しいと強請《ねだ》るようにさせてあげますから。でも今日は……そろそろ終わりにしましょうか。辛くなってきたでしょう？」

「は、で、でも……あああっ」

「ふふ、ここは気持ち良いでしょう？　指でセレネが感じていた場所ですよ」

突き上げる場所を変えられ、私はぴくんと背中を伸ばした。

指で快感を感じていた場所を連続して穿たれる。シリウス様の動きはどんどん速くなり、悦楽も増していく。

「セレネ……セレネ……」

「シリウス様……お慕いしています……」

　肉棒がその体積を増したように感じた。本能で吐精が近いのを感じる。私は無意識にシリウス様に足を絡め、背中に両手を回し直し、ぎゅうっと強く抱きついた。

「シリウス様っ……私に、シリウス様の子種を……」

「勿論です。全部あなたの中に注いであげますから……しっかり受け取って下さい」

　ぱんぱんと肌同士がぶつかり合う音。その中に淫らな水音と嬌声が混じる。

　強く穿たれるのが気持ち良くて、それが自然と声になっていた。

「ああっ……ああっ……そこ、突いていただくの、気持ち良いです、シリウス様ぁ」

「ええ、私もとても気持ち良いですよ。こんなにあなたの中が気持ち良いなんて……考えていた以上です……このままだと癖になってしまいそうだ……」

「うれし……私、シリウス様に気持ち良くなってもらえて……嬉しいです」

「……っ！　どうしてあなたはそんなに可愛らしいのでしょうかね……ああ、もう……出しますよ、セレネ」

　抽挿を速めながら、シリウス様が片手で花芽を弄り出す。そうすると快感が更に上増しされ、絶頂感が這い上がってくる。

「あっ……ひっ……。また……私も……あんっ」

「ええ、共にイきましょう……っく！」

「あああっ！」

頭の中が真っ白になる。

ぐんっとシリウス様の腰が強く押しつけられた。大きく膨れあがった肉棒が私の内部で弾ける。じわりと熱い何かが身体の奥に注がれていくのが分かった。

「あ……」

子種を出されている。びゅるびゅると熱いものが何度も奥へと流し込まれていくのを感じる。お腹が熱い。でもその感覚がなんとも幸せで、私はうっとりしながらシリウス様の背に回していた手の力を強めていた。

「セレネ……愛しています」

想いが籠《こ》もった声で告げられ、嬉しくて泣きたくなった。

「……私も、シリウス様を愛しています」

「これからは、ずっと一緒ですからね」

「はい」

宣言され、私はすぐに是と頷いた。

幸せだ。幸せすぎる。

互いに妙な勘違いをしていたが、それでもようやくシリウス様と両想いになれた。

これからは婚約者らしく暮らしていけるのだ。

私はシリウス様に抱きしめられながら、これから来るであろう幸福な未来を想像し、一人ウキウキとときめいていた。

第五章　溺愛生活の過ごし方

「セレネ、今日もあなたは可愛らしいですね……」

「シリウス様……あの……今は朝で……」

シリウス様が妖しく微笑みながら私の身体をなぞっていく。その度にぴくりぴくりと身体が跳ねた。

「あなたを愛するのに時間など関係ありませんよ？　少し朝食の時間を遅らせましょう。ですから少しだけ……いいですよね？」

「あんっ……」

夜遅くまで交わっていたせいでまだ熱く潤んでいる秘部にシリウス様の長い指が侵入する。二人とも昨夜は交わった後、そのまま眠ってしまったので何も身につけていなかった。とてもシリウス様に有利な状況だ。勝手知ったるとばかりにくちゅくちゅと指で隘路を掻き回されるとじわりと愛蜜が滲み出る。

「ふふ……まだ中はとろとろですね。ああ、昨夜私が中に放ったものが出てきてしまいました。出て行ってしまった分もまたしっかり注いであげましょう」

「あ……ふ……」

「期待したのですか？　可愛いセレネ。透明なこれは……あなたの愛液ですよね？」

いやらしい言葉と巧みな責め。そんなことを繰り返されれば、身体は勝手に熱くなる。

私はほうっと息を吐いた。

「セレネ？　返事をしなさい。ここに、私のものを挿れて欲しいのですか？　あなたも期待している。そうなのでしょう？」

再度尋ねられ、私はたまらず頷いた。毎日愛されているせいで、すっかりその場所は快感を拾いやすくなってしまったのだ。弱い場所を指で何度も擦り上げられながら聞かれては、私に断る術はなかった。

「……はい。シリウス様、挿れて下さい……シリウス様のもので強く突いて下さい」

私の返答を聞いて、シリウス様は満足そうに頷いた。

「ああ、素直なあなたは愛らしい……いいでしょう。今日もたっぷり愛してあげますからね」

「ああっ……」

指を引き抜き、早急な動作でシリウス様が私の中に怒張を埋め込んでいく。蕩けた蜜道は雄芯を銜え込み、ひくひくと震えた。

すぐにシリウス様は律動を開始する。それに翻弄され、私は甘い声を上げた。

「あっ……あっ……あ……」

「朝のあなたの中は更に熱くて……夜とは違う楽しみがありますね。何よりもあなたの肌がよく見えるのが楽しい。私の跡を色濃く残したあなたはとても魅力的ですよ」

シリウス様が淫靡《いんび》に笑う。私はシリウス様に揺さぶられながら、ちらりと窓の方に視線を向けた。

……窓に掛かったカーテンの隙間からは、朝の光が零れている。爽やかな朝。本来ならそろそろ朝食の時間であるはずだ。

なのにどうして私は寝室に籠もり、シリウス様と淫らな行為に耽っているのだろうか。

——あれからシリウス様は、今までとは態度をそれこそ百八十度転換させた。終始私を側に置き、ところ構わず押し倒してくるようになったのだ。……甘い愛の言葉と共に。

部屋は一応そのままにはなっているが、寝る時は必ずどちらかの寝室で一緒に眠っている。私を部屋に連れて行くか……堂々と扉からやってくるかのどちらかだ。

「あなたが側にいないと眠れないのです」

そう言って抱きしめてくれるのだが、あの日から抱きしめるだけで終わったことなど一度もない。しばらくすると手が夜着の中に侵入してくるし、キスの雨を降らせてわけが分からなくなった時にはすでに挿入されていることも多々あった。とにかくあれから、シリウス様には遠慮というものがなくなったような気がする。

シリウス様曰くは、十年我慢したせいで歯止めが効かなくなっているらしいのだが……本当にそうなのだろうか。いや、愛する人を疑うなんてしてはいけない。シリウス様が言うのならきっとそうなのだろう。

とにかく一事が万事このような感じ。昼間だってソファにいても簡単に押し倒される。私とシリウス様は、爛《ただ》れたという言葉がぴったりな蜜月を送っていた。

「ひゃっ……あっ……あっ」

「ふふ……私とあなたが繋がっているところがよく見えますよ?」

「恥ずかし……この格好……駄目ですっ」

高く足を持ち上げられた格好で挿入されている今の状況。二人が繋がっている場所が丸見えだ。特に今は朝で明るいからなおさら。

「恥ずかしいからいいのでしょう?　あなたは恥ずかしがると、更にきゅうきゅうに締め付けてきますから。ほら、また締まった」

「あふっ……」

ぐん、と奥に押し込められ、私は息を詰めた。

「シリウス様……もう……下さいっ」

恥ずかしさに耐えきれず子種をせがむと、シリウス様はにっこりと笑った。

体勢を少し変え、私の両足を肩につくほど折り曲げながら最奥を突き上げてくる。

「あああっ……！」

「あなたの一番良い場所を突いてあげないといけませんね」

肉棒が子宮口をグリグリと刺激する。痺れるほどの悦楽に涙が零れる。

シリウス様に散々教え込まれたせいで、子宮口を突かれると激しい快楽を感じるようになってしまったのだ。小説に書いてあった通りやはりシリウス様の肉棒は大きくて、一番奥の行き止まりまで簡単に届いてしまう。そこをこつこつと突かれると、わけが分からなくなって淫らな声が勝手に出る。はしたないと思っても止められなかった。

「あんっあんっ……やあっ……気持ち良いですっ」

ぎゅうっと膣肉が屹立を締め上げる。中の肉襞が嬉しそうに肉棒に吸い付いているのが分かる。シリウス様がとても楽しそうに言った。

「ええ、痛いくらいに締めてくれていますものね。こんな朝から大声を上げて乱れて……本当にあなたは私が想像していた以上に素敵な人だった……お陰で私はあなたを絶対に手放せません。セレネ、あなたは私が愛する唯一の人ですよ」

亀頭を子宮口に押しつけられ、気持ち良さのあまり身体を大きく捩る。

「あっ……シリウス様っ……私もっ……シリウス様だけですっ……」

「約束ですよ？　もしあなたが他の誰かに……なんてことになったら、私は何をするか分かりませんからね？」

ぞくりと震えるようなオーラが一瞬シリウス様の背中から立ち上った気がした。

それでもシリウス様に突き上げられる快感に我を失った私はただ頷くだけで精一杯だ。

「は……い……約束します……私は、シリウス様のものですから……あっ……！」

「ふふ、満点の回答をありがとうございます、セレネ。私は安心しました。お礼にたくさんセレネの良いところを突いてイかせてあげましょうね」

「あああっ」

目の奥が弾ける。激しく腰を振りたくり始めたシリウス様は遠慮なく最奥を抉っていく。

背筋に痺れるような感覚が走り、突かれたお腹の奥が熱くなっていく。

「あっ……んっ、気持ち良いっ……気持ち良いですっ」

きゅうっとシリウス様に抱きつく。途端まるで食べられてしまうかのような乱暴なキスをされた。口内を好き勝手に貪られながら、私も必死に応えていく。

シリウス様も限界が近いのだろう。

蜜道の中いっぱいに埋まった肉棒が更に膨れあがっていく。ぐんと一際強くシリウス様

が肉棒を子宮口に押しつける。

「あっ……」

シリウス様が私に倒れ込んでくると同時に熱い滴りがお腹の中に吐き出された。びゅっびゅっと何度かに分けて吐精が行われ、私はそれを全身で受け止めた。

全てを吐き出したシリウス様が、身体を起こして私を見つめる。ちゅっと唇に軽いキスを落とされた。

シリウス様が幸せそうに笑いながら告げる。

「おはようございます、セレネ。愛していますよ。さあ、朝食を食べに行きましょう」

「は……い……」

朝から激しい運動をし、ぐったりとする私。

反して名残惜しげに肉棒を引き抜き、甲斐甲斐しく私の世話を焼いてくれるシリウス様。

両想いになってからというもの、朝はずっとこんな調子だ。

◇◇◇

「か、身体が保たないわ……」

少々格好悪いが誰もいないので、馬車の座席に身体を横たえた。

今日は久しぶりにソレイユと会う約束をしていた。

ソレイユと会う時はいつも彼女の屋敷でお茶をするので、シリウス様に断り馬車を出してもらったのだ。

兄の婚約者だという話と、例の小説仲間なのだと告白すればシリウス様は苦笑気味に「楽しんでいらっしゃい」と言って送り出してくれたのだが——。

「きつい……」

身体を横たえたまま、ぼそりと呟く。

小説によく書かれてある愛されすぎて大変というフレーズ。確かに憧れてはいたが、まさか本当に体現することになるとは思わなかった。

「愛されているのは嬉しいけれど……」

シリウス様のくれる甘い言葉の数々を思い出し、頬が緩む。

今や毎日のように愛していると言ってくれるシリウス様。

十年分をそれこそ取り返そうとでもするかのように私に向かってくる姿勢にはたまに怯えることもあるけれど、基本的には嬉しい。だってそうやって愛されることをずっと願ってきたのだから。

でも……。

「身体を重ねるって意外と体力を使うのね。ずっと起きているから常に寝不足気味だし……お肌が荒れちゃうわ」

小説では見えてこなかった事実。いわゆる二次元と三次元の違いというものだ。

それを思い、私は溜息をついた。

勿論シリウス様は、私に必要以上に負荷を掛けないようにと回数が多い時は潤滑油《じゅんかつゆ》のようなものを用意してくれるし（止めるという選択はないようだ）、体調が優れない時は添い寝だけで済ませてくれる（次の日、倍くらい抱かれる）。

それでもだ。身体は結構辛い。お陰で自然と昼寝の回数が増えてしまった。

本を読みながらうとうとしているうちに本格的に寝入ってしまい、起きたらシリウス様が悪戯していることもある。

そうなると当然止まらないので、そのままなだれ込むことになってしまい……。

屋敷の使用人たちは、シリウス様の私への積年の想いを知っているらしく、「良かったですね」と温かい目で見守ってくれている。

だけど私の方はそうはいかない。ものすごく恥ずかしい。

ずっと盛っていると思われていそうで目を合わせるのも辛い。

リーリスなんて完全に呆れている気がする。

「はあ……」

それでも一番の問題は、断らない私の方にあるのかもしれない。

だって大好きなシリウス様に求められて嬉しいのだ。

早く子供が欲しいなんて言われれば、協力したくなっても仕方ないだろう。

「シリウス様……大好きです……」

結局色惚けしているのは私も同じ。

シリウス様に面と向かってもう少し控えて欲しいと言えないのは、そのせいなのだ。

「奥様、スヴニール侯爵邸に着きました」

ぼーっと考え事をしていると、御者《ぎょしゃ》から声が掛かる。私は慌てて身体を起こした。

「ありがとう。また帰りにお願いね」

「はい、旦那様からも伺っております。夕刻にはお迎えに参ります」

タラップを降り、侯爵邸の前に立つ。

馬車の音を聞きつけたのだろう。玄関の扉が開き、ソレイユが顔を出した。

私を認め、笑顔になる。

「セレネ！　久しぶりね！」

「ええ、なかなか時間を作れなくてごめんなさい」

「いいのよ。結婚準備が忙しかったのでしょう？　先に公爵邸に引っ越しですものね。そっちはどう？　上手くやれているの？」

私を屋敷内の自分の部屋に案内しつつも矢継ぎ早に質問をしてくるソレイユ。

よほど気になっていたのだろう。

しかしまさかシリウス様との爛れ生活で遊びに行く時間が作れなかったとは言えない。

お茶を用意して二人きりになった時にそこだけは曖昧に濁したものの、後は比較的素直に現状を話した。

ソレイユには色々と協力してもらった恩がある。何も教えないのは申し訳ない気がしたのだ。

話を一通り聞いたソレイユは、ふふふと意味ありげに笑った。

「やっぱりノワール公爵様はクーデレだったわね」

「ええまあ、結果的には」

今現在クールのクの字もないが、確かにソレイユの予測通りだった。

肯定するとソレイユは私を見つめながら言った。

「良かったわね」

「えっ？」

「今、幸せなのでしょう？　顔に出ているわよ」

笑いながら指摘され、思わず頬を両手で押さえる。

そんなに分かりやすく出ていたのだろうか。

おろおろとしているとソレイユは目を細めた。

「幸せですって表情に滲み出ているもの。本当に良かったわ。親友には幸せになってもらいたいものね」

あなたは私の義理の妹にもなるのだし、とウィンクするソレイユ。

私の幸せを一緒に喜んでくれる友人の存在に、じんと胸が温かくなった。

「ありがとう、ソレイユ。ええ、私とても幸せだわ」

「そうでしょうとも。そうでなければ許さないわ」

目笑し、二人で紅茶を飲む。今日は薔薇の香りのするものだった。白い陶磁《とうじ》のポットの中には乾燥させた薔薇の花びらが茶葉と一緒に入っている。

用意されたお茶菓子はスコーンで、クロテッドクリームと薔薇のジャムが別に添えられていた。クリームチーズの入ったマフィンもあったが、こちらにも同じ薔薇のジャムが練り込まれている。

どうやら今日は薔薇尽くしらしい。

談笑しながらお茶の時間を楽しんでいると、そうそうとソレイユが思い出したように口を開いた。

「あなたが来たら教えようと思っていたのにすっかり忘れていたわ。実はね、とっても驚くことがあるのよ」

「驚くこと?」

何かを企むような表情。首を傾げるとソレイユは、「ちょっと待って」と言って書棚に走った。

「これよ、これ！」

持ってきたのは一冊の本。それは私も知っているタイトルのものだった。

「この本なら、私も持っているわよ？　確かヒーローが騎士の設定だったわよね」

ヒロインはヒーローが仕えている王女。いわゆる身分差ものだ。

身分差に悩みつつも愛を貫くヒーローが格好良かった記憶がある。

「この本がどうしたの？」

ソレイユの言いたいことが分からず再度尋ねると「実はね」とソレイユは小声で言った。

「今、うちでお客様をお預かりしているのだけれど、その方がこの本の騎士、ガウェイン様にそっくりなのよ」

「えっ……!?」

思わず私はソレイユと彼女の持つ本を見比べた。ソレイユは強く頷く。

「本当よ、丁度今の時間なら中庭を散歩されていると思うから、見てみるといいわ。私の言ったことが嘘ではないと分かるから」

「で、でも……そんなまさか」

この本の挿絵に描かれたガウェイン様はかなりの男前だ。この人にそっくりだと言われても、いまいちピンとこない。

渋る私を促し立ち上がらせたソレイユは、「静かにしていてね」と言いながら私を窓の側へと連れて行った。今日は風が心地よいので窓は開け放してある。クリーム色のレースのカーテンの陰に隠れるようにしてそっと告げた。

「ほら、いらっしゃるわ。見て」

「……嘘!?」

ソレイユが小さく指を指す方向に視線を移した私は、驚愕のあまりぽかんと間抜けにも口を大きく開いてしまった。

何故なら視線の先にはまさに本の世界からそのまま抜け出してきたような、眉目秀麗《びもくしゅうれい》という言葉がぴったりはまる男性が立っていたのだから。

明るい色の花が咲き乱れる中庭。その中央、獅子の噴水の側に所在なげに立つ存在は、確かにガウェイン様に違いないと思った。

銀色のキラキラ光る髪に、深紅の瞳。色彩まで完全にガウェイン様と同じ。髪は長く、後ろで一つに束ねているところまで見事に再現されている。

騎士服ではなく深緋色《ふかひいろ》の裾の長い上着を着ているのは残念だったが、代わりに細身の剣を腰から下げており、それがとてもしっくりと似合っていた。

信じられず、私は喘ぐようにその名を呟いた。

「ガウェイン様……」

「驚いたでしょう!?　ね？」

「ええ……」

言葉にならなかった。

「私、初めてあの方を見た時、気絶するかと思ったわ。あまりにもそっくりなのだもの」

「本当……」

興奮気味に語るソレイユに同意を返しつつ、じっとガウェイン様を観察する。

女性二人の不躾な視線が気になったのだろうか。ふとガウェイン様が顔を上げ、こちらを見た。私たちを認めると、ふわりと微笑む。

「っ！」

春の景色とよく合う爽やかな笑みが、煩悩《ぼんのう》まみれの今の自分たちには酷く眩しい。

慌ててカーテンの後ろに隠れたが、時すでに遅し。中庭から柔らかい声が掛かった。

「そんなところから盗み見ていないで、良かったら出てきてくれないか。退屈で仕方ないんだ」

ばれてる。

見つかったと思い小さくなっていると、一緒に隠れていたはずのソレイユが立ち上がり、窓の枠に手を掛けて身を乗り出した。

「ごきげんよう。私たちも少々退屈していましたの。そちらへ行ってもよろしくて？」

何を言い出すのだとぎょっとしてソレイユを見つめる。ソレイユは私に向かって、軽く目配せしてきた。

「君は確か……スヴニール侯爵のご令嬢か。話すのは初めてだな。勿論だ。良かったら友達も連れてくるといい」

「ええ、少しお待ち下さいませね」

軽いやりとりを交わし、ソレイユは開け放してあった窓を閉めた。

「ほら、セレネ。行くわよ」

「え、行くって。でも私」

「なかなかお父様は、彼を紹介して下さらないの。せっかくの機会なのだから挨拶くらい付き合ってくれても構わないでしょう？　それにあのお姿、もっと近くで拝みたいとは思わなくて？」

「そ、それは……」

自らの隠していた欲望を指摘され、私は気まずげに視線を逸らした。ソレイユがそれ見たことかと笑う。

「自分の欲望に正直になるのも大事なことよ。お顔を拝見するだけ。ね？　付き合ってちょうだい、セレネ」

「わ、分かったわ」

何かと世話になることの多い親友の頼みを私は断れなかった。

了承するとソレイユは大輪の花のような笑みを見せる。

「ありがとう、セレネ！　私、ガウェイン様が本当に好みで。嬉しいわ！」

嬉しそうなソレイユ。

だが、兄には絶対にばれないようにした方が良いと思う。

兄は昔からソレイユにべた惚れなのだ。早くから婚約していたのも兄の強い希望があってのこと。

将来有望で身分的にも申し分なかった兄。

なんの問題もなく二人の婚約は結ばれたのだが、自由を愛するソレイユに対し兄はかなりの束縛体質だ。兄自身や、ソレイユの話からもそれは垣間見えている。

本当はさっさと結婚してしまいたい兄。それなのに未だ結婚に至っていないのは、ソレイユがなかなか首を縦に振らないからなのだ。

婚約しているのだから、もう少しくらい構わないだろうとあの手この手で引き延ばしている。兄もソレイユには甘いものだから、仕方ないとおとなしく待っている現状。

この点からも分かるように、二人の仲自体はとても良好。

だが万が一、自分以外の男に目移りしたと知ったら、兄は絶対に許さないだろう。

敬愛する兄だが、ソレイユに対する執着心は異常だと常々思っているのだ。

「ソレイユ……くれぐれも気をつけてね。お兄様にばれないように……」

「大丈夫よ。浮気なんてしないもの。小説と現実は違うことくらい分かっていてよ」

「それなら良いのだけど……」

心配性ねと笑うソレイユだが、本当にどれほど兄が彼女を愛しているのかもう少しソレイユは知った方が良いと思う。

ともかく二人で中庭に降りていくと、見目麗しいガウェイン様が今や遅しと私たちを待っていた。

近づくとよりその美貌は際立って見える。遠目から見ても似ていると思ったが、至近距離での破壊力は強烈だった。

――ふわああああ！　生ガウェイン様！

そっくりだ、あの挿絵にそっくりすぎる。

キラキラした爽やかな笑顔に美しい所作、本当に物語から抜け出してきたみたいだ。

「ご挨拶が遅れましたわ。私はソレイユ・スヴニールと申します」

「初めまして、セレネ・ブランと申します」

内心の動揺は押し隠し、ソレイユも私もそつなく自己紹介をこなした。

「ベリド・ヴェスティンベルクだ。ベリドでいい」

彼も笑顔で名乗ってくれた。

前スヴニール侯爵であるソレイユの祖父の、古い友人からの紹介でやってきたというベリド様は、事情があって少しの間この屋敷で世話になっているのだと話してくれた。

「二人とも婚約者がいるのか。残念だな。特にセレネ嬢。俺は君のような女性がとても好みなんだが」

「あ、ありがとうございます」

笑顔で告げられれば当然悪い気はしない。勿論恋愛感情など皆無だが、嬉しいと思う気持ちは本当だった。

「そういえば、先ほどはどうして俺を見ていたんだ？　何かおかしなことでもしていたか？」

「実は、あなたが物語に出てくるヒーローにそっくりで……」

「ソレイユ！」

あっさり話をばらしてしまったソレイユを窘めるも、「いいじゃない、別に」と彼女は笑っている。

私だってあれが性描写のない単なる恋愛小説なら何も言わない。だがガウェイン様の出てくる話は、がっつりばっちりそういうシーンがあるのだ。

ソレイユは全く気にしていない。それどころか興味を示したベリド様に本の表紙を見せていた。

確かに表紙だけなら普通の小説と何も変わらない。

余計なことはしないようにと祈りながら二人の会話を見守っていた。

「へえ？　この男、そんなに俺に似ているか？」

「ええ、そっくりですわ。できれば、この台詞を言ってもらいたいのですけど」

さらりと自らの欲望を告げたソレイユに、私は内心叫び声を上げた。

ソレイユ！　ほぼ初対面のベリド様になんということを！

だがベリド様は気を悪くした様子もなく笑っている。

それどころか実にあっさり了承してくれた。

「ああ。それくらいなら別に構わない。美人の願いを叶えるのは嫌いじゃないんだ」

ソレイユは嬉しそうに「この頁の台詞を」とその時のヒーローの心理状態まで説明しながら丁寧に指導し始めた。

「報われないけれど一途な恋をしている騎士、という設定なんだな。分かった」

一通りレクチャーを受け、ベリド様は頷いた。

ごほんと咳払いをし、恭しく跪く。

『王女殿下。確かに私はあなたをお慕いしております。ですがこの想いは叶えてはならないものです。私はこの想いを生涯胸に秘め、あなたにお仕えし続けると誓約致します』

「素敵ぃぃぃぃ！」

ソレイユが身悶えた。私も……鼻血が出そうだった。

ソレイユが選んだシーンはヒロインがヒーローに告白し、自分をどう思っているか尋ねるところ。頑固なヒーローはなかなか口を割らないが、根負けし、ついに自分の想いを吐露してしまう。そんなシーンだった。

「やっぱりはまるわぁ……！　ねえ、セレネ」

「え……ええ。完璧だったわ」

私をがくがくと揺さぶるソレイユ。しかし私も彼女のことは言えなかった。完全に目が輝いていた自覚はある。

先ほどの声を思い出しながら悦に入っていると、ソレイユが図々しくもベリド様に言った。

「声も素晴らしいわ。ベリド様、あの、よろしければもう少し……」

「ああ、俺は暇だし構わない。次はどこがいいんだ？」

ベリド様、優しい！

私たちのわけの分からないわがままに鷹揚に付き合ってくれるベリド様がまるで天使のように見える。

「い、いいんですか？」

思わず確認してしまったが、ベリド様は笑顔で頷いてくれた。

ソレイユが興奮気味に私の腕を引く。

「セレネ！　つ、次よ。あなた次はどこのシーンを見たい？　私は……」

「ヒロインを助けにくるシーン、あそこは外せないわ！」

声を張り上げてしまった。はっと我に返ったが、ソレイユが「そうね、そこは大事だわ」と真顔で返答したのとベリド様がにこにこと笑ってくれていたせいで、私もまた「このシーンも外せないと思うの」などと話を続けてしまった。

つまりは完全に二人して浮かれてしまったのだ。

アレコレとわがままを言う、女二人。それに笑いながら応じてくれるベリド様。

爽やかな笑顔のベリド様は本当に騎士役が似合った。

しまいには私をヒロインに見立て、悪役から守ってくれるシーンまで演じてくれた。

『王女殿下はこの私が命に代えても守ってみせる。殿下、私が敵を引きつけているうちにお逃げ下さい』

『ガウェイン、あなたを残してなどいけません』

『愛するあなたを死なせたくはないのです。どうか、どうか！』

……私までノリノリで演じてしまった。いや、あの空気感では普通だったのだ。

ソレイユは目を輝かせていたし、私もあの一時だけは、ベリド様をガウェイン様だと思い、ヒロイン目線で恋をしていた気がする。勿論我に返れば恥ずかしいだけの時間だったのだが。

それでもとても楽しく過ごせたことだけは確かだ。

結局かなりの時間、ベリド様を付き合わせてしまった。

二人でベリド様に礼を言い、また近いうちに来ることを約束して、私はほくほくとした気持ちのまま迎えの馬車に乗り込んだ。

◇◇◇

「それで、ベリド様がガウェイン様を演じて下さって……」

「セレネ」

夕食の時間。

シリウス様と二人食事を取りながら話していると、今までとは明らかに温度の違う声で話を止められた。

場所は食堂。落ち着いた色合いでまとめられた公爵邸の食堂には重厚な雰囲気が漂っている。

クリスタルのシャンデリアは少し明るさを抑えた光を灯し、壁に掛けられた大きな絵画は人物画ではなく稲穂の揺れる風景画だった。おそらく公爵家の所領のどこかの景色を描いたものだと思う。

広い食堂で食事をするのは私とシリウス様の二人だけ。後は給仕をする執事たちがずらりと並んでいる。メインも終わり、後残すところはデザートだけという時間だった。

「は、はい」

声のトーンに不穏なものを感じて慌てて話を止めたが、シリウス様は口元に笑みを浮かべながら私に確認してきた。

「それで、そのベリドとかいう男にきゃあきゃあ言ってきたわけですね？　セレネは」

「え？　きゃあきゃあって……そんな大層なものでは」

ソレイユの屋敷で何をしていたのか。そんなことを尋ねられ、素直に昼間の出来事を話していたのだが、どうやらそれがいけなかったらしい。私は恐る恐る声を掛けた。

「あ、あの」

「面白くありませんね」

「シリウス様？」

ガタリと音を立て、立ち上がったシリウス様は私の方へやってきた。私の腕を掴み、立ち上がらせる。

「あの……まだ食事中で……」

「後はデザートだけでしょう。それよりも大事なことがあります。そちらを先に済ませてしまいましょう」

そう告げる眼鏡の奥の青い瞳は凍えそうなくらいに冷たく感じた。

怖い。私は助けを求めるように周りを見たが、皆、さっと視線を逸らしてしまった。

うう、自分でなんとかしろということか。

「デザートなら後で持ってこさせますよ。……いいですね？」

「はい……」

念を押すように言われてしまえば、私には逃げようもない。

そのまま引きずられるように、シリウス様の寝室へと連れ込まれてしまった。

どうすればいいのか分からず困惑している私を、シリウス様は苛立たしげにベッドの前に立たせる。そして強い命令口調で言い放った。

「服を脱ぎなさい」

「えっ……」

突然のことについて行けず呆然とする私に、シリウス様は再度命じた。

その声がかなりの怒気を含んでいる。

「何度も言わせないで下さい。聞こえませんでしたか、セレネ。服を脱ぎなさい」

「えっ……あの、シリウス様……でも」

「あなたの意見は求めていません。さっさとしなさい。ああ、勿論下着も全て、ですよ。私をこれ以上怒らせたくないのでしょう？　私を愛しているセレネなら従ってくれますよね」

「は……はい」

逆らってはいけない。なんとなくだがそんな雰囲気を感じ、私は震えながらもドレスを締めていた紐を解き、ボタンを外した。今日は胸の下に切り替えのある、トレーンが長いモスリンのドレスを着ていた。袖を引き抜くとパサリと乾いた音を立て床に落ちる。

これだけで十分限界だったのだが、縋るように見つめたシリウス様の表情は全く動かなかった。

冷えた目が眼鏡越しに私を見つめている。それだけでは許さないと、その瞳が告げていた。

「セレネ、私はなんと言いましたか？」

「し、下着も全て脱ぐようにと……」

「聞こえていたのなら結構。それでは続けなさい」

「はい……」

鋭い視線に見据えられながら、私はその場で上下とも下着を脱いだ。いつもシリウス様に抱かれているとはいえ、こんな恥ずかしい真似をさせられたのは初めてだ。

含羞に顔を伏せながらもなんとか全裸になると、シリウス様は顎《あご》でベッドを指し示した。

「よろしい。それではベッドに上がって自分で足を広げなさい。あなたの恥ずかしい場所を余すところなく私に見せるのです」

「っ！」

あまりの言葉に弾かれたように顔を上げると、なんの感情も映していないシリウス様と目が合った。それだけで分かってしまう。シリウス様が酷く怒っているのだと。

私がガウェイン様の演技をしてくれたベリド様に不用意に笑顔を向けたことを、好意的な感情を抱いたことを怒っているのだ。

シリウス様が言う。

「できないのですか？　何か疚《やま》しいことでも？」

「そ、そんな。ありません！」

「それなら私の言うことを聞けるはずですよね」

「は、い……」

やるしかなかった。私は泣きそうになりながら四柱式のベッドに上がり、シリウス様の方に向かって腰を下ろした。膝を立て、少しずつ足を開いていく。たとえ今まで何度となく見られていたとしても、この行為は穴にでも埋まって消えてしまいたくなるくらいに恥ずかしい。

「んっ……」

「焦れったいですね。セレネ、もっと大胆に開きなさい。自分の膝に手を置いてぐっと開くのです。きちんとあなたの花びらの奥まで見えるように大きく、ですよ」

「……」

もう何も言えなかった。私は言われた通り両膝に手を置き、呼吸を整えて目を瞑ったまま大きく足を広げた。全身が羞恥で震え、冷たい汗が滴っている。鳥肌が立っているのが分かる。

「シ、シリウス様……こ、これでご満足いただけましたでしょうか……」

命令通りにしたはずだ。これで許してもらえるのだろうか。

おずおずとシリウス様を見上げたが、シリウス様は私の視線を黙殺した。

「何を言っているのですか、物わかりの悪い婚約者にお仕置きをするのはこれからですよ。ああ、もっと足を開いて。それではあなたの花が開ききったところが見えません」

「……は、い」

「恥ずかしがる必要はありません。あなたの全てを見ているのは未来の夫である私なのですから」

告げられた命令に逆らう術を持たず、私は更に足を開いた。

上着を側にあった椅子に掛けたシリウス様がクラヴァットを緩める。

ベッドに片膝を乗せ、眼鏡を指で押さえながら私の秘部を直視した。

近くで見られていると思うだけで息は荒くなり、ひくりと身体の奥の肉襞が戦慄いた気がした。こぽりと愛蜜がわき上がり、シリウス様の目の前でとろりと流れ出していく。

シリウス様は感心したように言った。

「普段は慎ましく閉じている口が大きく開いていますね。触れてもいないのに蜜が次から次へと溢れ出していますよ。肉襞がひくひく蠢いて、男を誘っている。これは誰を誘っているのですか？」

「あ……」

「答えなさい、セレネ」

何も言えない私に、シリウス様の叱責《しっせき》が飛ぶ。

私は震えながらもなんとか言葉を紡いだ。

「シ、シリウス様です。シリウス様以外私は……」

「そうですか。それならどうして、ベリドなんていう男の名前があなたの口から出るのでしょうね？」

私は慌てて無実を訴えた。

「べ、ベリド様は違います。先ほども説明した通り、小説に出てくるガウェイン様にそっくりで……ただそれだけで……シリウス様がお気になさる必要は……」

「それだけ……ね」

「んあっ！」

無遠慮に指が蜜壺に差し込まれた。いきなり差し込まれたにもかかわらず蜜壺はシリウス様の指を難なく呑み込んでしまう。

「おやおや。何もしていないのに中もどろどろではないですか」

「あっあっ……駄目……ですっ」

激しく掻き回されてたまらなくなり足を閉じようとしたが、鋭い視線に貫かれた。

「誰が閉じてもいいと言いましたか。もっと開いていなさい。あなたが誰に全てを見せているのか。誰に抱かれているのかしっかりと覚えるようにね」

吐き捨てるように言われ、私は慌てて口を開いた。

「そ、そんな……私、シリウス様しかいません……シリウス様もご存じのはずなのに……あっ……ああっ……」

大きく足を開いたせいで露わになっていた花芽を指で押しつぶされる。

弱い場所を執拗にいたぶられては為す術もなかった。

「ええ、知っていますよ。あなたが私を愛していることを疑ってはいません。ですが嫉妬《しっと》という感情は実に厄介でしてね。あなたが浮気をするはずがないと分かっていても、他の男を褒められるだけで苛立って仕方ないのです」

私は存外ヤキモチ焼きでしてね。そう言いながら、二本目の指を蜜壺に押し込む。ばらばらと蜜道を広げるように刺激されると気持ち良くて声が漏れる。時折わざと特に感じる部分を擦られて、その度に腰が跳ねた。花芽も同時に弄られると感じすぎて身悶えてしまう。

「やあぁっ……あああっ……」

背中をのけぞらせて喘いでいると、シリウス様が憎々しげに言う。

「あなたが他の男に視線を向けるのも鬱陶《うっとう》しいと思っています。式を挙げて公爵領へ戻ったら……後はもう外に出したくないくらいです」

まるで物語に出てくるヤンデレのような台詞を吐くシリウス様に、私は大きく目を瞠った。私の顔を見て、シリウス様は皮肉げに口元を歪める。

「ああ。そういえば、あなたはこういう台詞が大好きなのでしたね。……私ではない男に言われて喜ぶくらいには」

「シ、シリウス様！」

誤解だと言いたかったが、ベリド様という実例がある以上、何も言い返せない。

シリウス様は私の耳元に唇を近づけると、ふっと息を吹きかけた。それだけで身体が快感に震える。

「そんなに言葉が欲しいと言うのなら、構いませんよ。誰よりも愛おしいあなたの望みなのですから将来の夫である私が叶えてあげます。さて、あなたはどんな言葉を言われたいのですか？」

「そ……そんなこと……ああっ」

「言いなさい、セレネ」

指がくいっと曲げられた。その瞬間、腰が大きく跳ねる。

「ひあっ……‼」

弱い場所を刺激され、涙が零れる。指でぐちゃぐちゃに掻き回されると、もうそれ以外のことは何も考えられなくなってしまう。喘ぐことしかできない私を見て、シリウス様は溜息をついた。

「言えないのですか。悪い子ですね。ではこういうのはどうです？」

そう言うと、シリウス様は私をじっと見据え、声音を変えて囁いた。

「……私とあなたを残して、後は全て壊してしまいましょうか。そうすれば、あなたは私を見るしかなくなるでしょう？」

「えっ⁉」

甘く響く艶やかな声に、かっと頬が熱くなったのが自分でも分かった。私の反応を見て、シリウス様はなるほどと頷き、もう一度口を開いた。煽るような口調で告げる。

「……私以外を見ることがないよう、あなたを部屋の中に閉じ込めてあげましょう。誰にも会わせません。食事の世話も、着替えも、何もかも全て私がしてあげます。あなたは私に愛されていればそれでいい」

「シ……リウス様……」

すっと指で顎をすくい上げられる。美しい二つの瞳が私を試すかのように見つめていた。

こくりと喉を鳴らす。

まるで命じられているかのような声の響きに頭がクラクラする。喉もカラカラだ。演技で言われているのか、それとも本気なのか分からない。

視線を逸らせずじっと見つめていると、シリウス様は私と目を合わせたまま問い掛けてきた。

「……それで？　そのベリドとかいう男と私、あなたはどちらの方が良いと言うつもりですか？」

「え……」

急に声の調子が戻ったことに驚き、目を瞬かせる。シリウス様は呆れたように言った。

「鈍いですね。内容はよく分かりませんが、あなたが大好きだという小説を想像して台詞を言ってあげたのですよ？　感想は？　どうなのです？」

感想も何も、ベリド様とシリウス様では受けた衝撃が段違いだ。

以前、ヤンデレなシリウス様も素敵かもと思ったが、実際に言われてみるとその破壊力はとんでもなかった。ベリド様は所詮演技でしかないし、それ以上は何も思わなかったが、シリウス様は違う。奪って欲しいと、そうして欲しいと思わず願ってしまった。情けない話だが、正直本気にしてしまった。だってものすごく自然だったのだ！

演技だったと言われても信じられないほどに。私は慌ててシリウス様に言った。

「シリウス様に決まってます。そんなの……比べようもありません！」

「本当に？」

「勿論です！」

こくこくと何度も頷くと、シリウス様は私の瞳を覗き込んできた。

言い聞かせるように告げる。

「それなら——もう二度とよそ見なんてしてはいけませんよ？　私を悲しませないで下さい。あなたは私だけ見つめていれば良いのですから」

胸の奥がきゅんと震えたのが分かった。シリウス様が私を心から想ってくれていることが分かり、嫉妬させてしまったことを本当に申し訳なく思った。

私は手を伸ばし、シリウス様の頬に触れた。

「あ……私、シリウス様を悲しませてしまって……ごめんなさい。でも私、昔からシリウス様しか見ておりません……」

「セレネ……？」

訝しげな顔をするシリウス様に想いを分かってもらいたくて必死で訴えた。

「本当です。もう会うなと仰るのなら、ソレイユの屋敷からあの方が出て行かれるまであちらには近づきません。それに私、シリウス様にならお屋敷に閉じ込めていただいても構いません。シリウス様を心配させてまで、外に行きたいとは思いませんもの……あっ」

ぐちゅり、と秘部から指が引き抜かれた。強い刺激を受けていた秘部からは、どろりと白く泡だった愛液が溢れる。シリウス様が眼鏡を外し、素顔で私を見つめる。

心の奥底までを見通そうとする瞳を、私はじっと見つめ返した。

「セレネ、今言った言葉、本当ですか？」

「はい。私が一番大事なのはシリウス様ですから……」

「セレネ……！」

言葉と同時に思い切り強く抱きしめられた。苦しいくらいだったが嫌だとは思わなかった。

私もまたシリウス様の背に両手を回す。

「セレネ、セレネ！　ああ、愛しています。私にはあなただけなのです」

「私もです。シリウス様しかいません。だから嫉妬なんてしないで下さい。そんな必要ないのですから」

私の言葉を聞いて、シリウス様は小さく笑った。耳元で囁く。

「残念ですがそれは無理な相談です。あなたに男が関わる限り、私は嫉妬し続けると思いますよ？　閉じ込めてしまいたいのは本当なのですから」

「まあ」

私は目を丸くした。男と関わってはいけないなんて、さすがにそれは不可能だ。

それでも、そこまでの気持ちを向けられるのが嬉しいと思った。

「セレネ、私の愛しい人。あなたを誰よりも何よりも愛しています。私を心配させないで下さい。いいですね？」

「はい。私はシリウス様だけをお慕いしています」

迷わず頷いた私をシリウス様が微笑みながらぽんと押す。予想していなかった動きに、私は簡単にころんと転がった。

「シリウス様？」

戸惑いながら見上げると、シリウス様はトラウザーズを寛げていた。興奮で反り返った屹立を取り出し、私の身体を俯せにする。とろとろに蕩けた蜜口に熱い塊が押しつけられた。

「無事、仲直りをしたことですし構わないでしょう？　思い切りあなたを愛させて下さい」

「え、あの」

「私に全てを見せているあなたはとても淫らで素敵でしたよ？　私を欲しい欲しいと下の

口がだらしなく蜜を零して蠢きながら私を誘って……どれほど理性をかなぐり捨てて突き入れたいと思ったことか。誘うあなたが悪いのです。セレネ、本当にあなたは罪作りな人だ」

「ああっ……」

ぬちっと卑猥《ひわい》な音を立て、シリウス様の肉棒が陰唇を分け入って膣内へと侵入してくる。大きく膨らんだ肉棒は簡単に一番奥までたどり着き、すぐに抽挿が開始された。

「んっあっ……あっ……あっ」

「後ろから突き上げると、いつもより締まるのが分かりますか？　後ろから獣のように犯されるのが好きなのでしょう？」

「んっ……そんなっ……あんっ」

つーっと背中を舌でなぞられて、身体が戦慄いた。

「嘘をついてもすぐに分かってしまいますよ？　だってあなたのここはこんなにも正直だ。入り口でも奥でも嬉しそうに私を銜え込んで離さない。ほら、気持ち良いと言ってごらんなさい？」

両手で腰を持ち、強く突き上げてくるシリウス様。最奥を穿たれる度に突き抜けるような快感が走り、気づけば腰を揺らしてしまっていた。

後ろから貫かれるのは、いつもと突かれる位置が微妙に変わって心地よい。

無意識にリネンに顔を押しつけて腰を高く上げると、シリウス様は更に細かく突き上げてきた。悦楽が激しすぎて、我慢できない。リネンに押しつけていても声が漏れる。

「あっ……シリウス様っ、それ、気持ち良いですっ……奥、もっと突いて下さいっ」

「おや、ようやく素直になりましたね。ここですか？」

グリグリと腰を奥に押しつけられ嬌声が上がる。

「ああんっ……そこ、そこです。そこ、グリグリしていただくの好きっ」

「セレネは後ろから突かれるのが好きなんですよね？」

「はい……好きですっ……後ろからも前からも、シリウス様にしていただくのはみんな好きです……ああっ」

誘導尋問のように答えを促され、私は淫らな言葉を口にした。

でもシリウス様にしてもらうことなら全部好きなのは本当だ。褒めるように奥を抉られ、私は更に腰を揺らした。

「あんっ……気持ち良いっ……シリウス様の熱くて……も……」

「あなたの中も肉襞が蠢いてとても気持ち良いですよ。そろそろ子種を出してあげましょうね」

シリウス様が上体を倒してくる。ぴたりと身体が合わさり、まるで後ろから抱きしめられている気分だ。そのままシリウス様は腰を動かし始めた。

片手を胸に伸ばされ、尖った先端をつねられる。今まで触れられることのなかった場所に刺激を受け、私は甘い悲鳴を上げた。

「やああんっ……！　そこ一緒に擦っちゃ駄目ですっ……私、もう……イってしまいます……」

「ええ、いいですよ。好きなだけ達して下さい。この可愛らしいピンクの尖りも可愛がってあげますからね。大丈夫、たっぷり時間はありますから、いくらでもあなたを満たしてあげられます」

「んんんぅ……」

強めの力で先端をきゅっきゅっと摘まれる。同時に子宮の入り口にシリウス様の肉棒が何度もきつく押しつけられ、お腹の中が熱くなってくる。きゅうっと中が収縮し、シリウス様を締め付けたのが自分でも分かった。

「そんなに締め付けて。私が欲しいですか？」

耳元で聞こえる笑いの混じった声に、私はがくがくと首を縦に振った。

「下さい……シリウス様の子種、私に下さい……」

「勿論。セレネ、あなただけが私の子種を受け取る権利を持つのですから、全部責任を持って貰って下さいね」

「はい……」

「セレネ、こっちを向いて舌を出して」

振り向くと、驚くほど近くにシリウス様の顔があった。言われた通り舌を出すと、同じく舌で摺り合わされる。互いの舌を刺激したり、絡めたりしているうちに、やがて唇同士が重なった。

「んっ……んん」

肉棒が身体の奥に押しつけられ、力強い抽挿が始まる。

頭の中が真っ白になりそうなほど何度も強く肉棒を叩きつけられた。

シリウス様が腰を振りたくる度に、甘い喜悦が腹の奥に溜まっていく気がした。

胸をこねくり回され、深く突き上げられながら花芽を弄られるのが気持ち良くて仕方ない。

「あんっ……あっ……ああっ、シリウス様っ」

「くっ……」

背中から聞こえるうめき声と共に、身体の奥に白濁《はくだく》が流し込まれる。それと同時に私も達していた。びくびく震えながらも身体の奥を満たしていく熱い感覚に酔いしれる。

「シリウス様、大好きです……あっ」

肉棒を抜き取られ、全身から力が抜けた。それでもなんとか振り返る。シリウス様に手を伸ばした。

「シリウス様……っ？　えっ⁉」

「どうしました、セレネ？」

振り返った私の腰を引き寄せ、そのままシリウス様は白濁が零れ出る蜜口に再度己のものを挿入した。硬さの変わらない肉棒は、シリウス様の形に開いた媚肉の中にずぷずぷと埋まっていく。

「あ……ぁっ……どうして……」

「あんな可愛らしい淫らなセレネを見て一回で収まるはずがないでしょう？　ほら、こうすれば互いの顔を見ながら交わることができますよ。抱き合いながら揺すられるのは好きではありませんか？」

「あっ……ん」

お互い向き合って座ったままの体勢で揺さぶられる。確かに密着度が高くて素敵な体位だとは思う。だが。

「あ、シリウス様、今日はもう……」

身体が保たない。そう告げようとしたのだが、優しく窘められてしまった。

「駄目ですよ、私は満足していないのですから。未来の夫のお願いを聞くのは、同じく未来の妻の大事な勤めですよ？　もっとたくさんの可愛いあなたを見せて下さい。愛していますよ、セレネ」

「んんんぅっ」

口づけと同時に舌が侵入してくる。癖でシリウス様と舌を絡ませれば、彼の方も楽しそうに舌先で私の舌裏を刺激してきた。そうしながらも腰を摑んだシリウス様が私を揺さぶり始める。

深いところまで肉棒が埋まり、私の中を埋め尽くしていた。硬く熱い屹立の存在を感じ、熱い息が漏れる。

「んんっ……深いっ……」

「気持ち良いですね、セレネ。ああ、上手におしゃぶりできていますよ。入り口の方も奥の方もきつく締まってたまらない。ずっとあなたとこうしていたい」

「んっ……ふっ……あっ……また太くなって……」

「あなたがしゃぶりつくそうと絡みつくからでしょう？　私のせいではありません」

陰唇が裂けてしまうのではないかと思うほど、シリウス様のものは大きく膨らんでいた。

その長大な肉棒でじゅぶじゅぶと強引に抽挿されるのが気持ち良くて仕方ない。

シリウス様の為すがままに揺さぶられ、胸を弄られ、口内をまさぐられる。

クラクラするほどの快楽の時間に、私はひたすら乱れ、喘ぎ続けた。

「あ……シリウス様、もっと……もっと下さいっ」

「素直で可愛らしいですね。ええ、存分に味わって下さい」

「ああんっ」

喉元を舐められ、そのまま強く吸い付かれる。唇はそのまま降りていき、色づいて揺れる先端を含んだ。舐めしゃぶりながら、もう一方の胸も指先で刺激する。

「んんっ……はあっ……」

あまりの気持ち良さに、自ら腰を揺らす。シリウス様のものを銜え込んだまま一緒になって腰をぶつけ合った。

「胸を弄られながら突き上げられるのが好きなのでしょう？　知っていますよ。あなたの中が嬉しそうに蠢きますからね」

「あっ……好きです……胸を触っていただくのも吸っていただくのも好きっ……」

「もっとして欲しいですか？」

「はい……いっぱいして下さい」

「本当にあなたは淫らで愛らしい。そんなことを言われて止められるはずがありません。ほら、もう一度達してみなさい」

「んあっ……」

陰核に触れられ、きゅんと膣肉が蠢いた。

ぐちょぐちょと二人が交わる音は途切れない。

淫靡な時間は夜が更けても終わりを迎えることはなく、結局明け方まで私はシリウス様に貪られることになった。

◇◇◇

「もう……シリウス様ってばヤキモチ焼きなんだから」

うふふと一人思い出し笑いをしながら、公爵邸の庭を一人で散歩する。

あれから数日が経過していた。

あの日、シリウス様がどれくらい私を愛してくれているのか見せつけられた気がする。

「私って、思っていた以上に愛されているのね」

ほうと両手を頬に当てる。

両想いになったとはいえ、いつだって追いかけていたのは私ばかりだったから、シリウス様の嫉妬はとても嬉しかった。

怒りを露わにされた時はちょっぴり怖かったが、それだけ私を想っていたからだと理由が分かれば後はもう幸せだとしか思えない。

駄目だなあと思いつつも、にやにやと頬が緩むのが抑えられなかった。

色々な体位で愛された後、疲れたけれどもそれ以上に幸せでにこにこしている私を見て「困った子ですね」とシリウス様は苦笑していたが、シリウス様だって砂糖でも降ってきそうなくらい蕩けそうな甘い声だった。

ただ、例の本を取り出して挿絵の頁を証拠として見せようとしたところ「見たくありませんね」と顔を背けられてしまったが。

一応いつでも弁明できるようにテーブルの上に置いたままにしてあるが、シリウス様が不快だというのならそろそろ片付けておこう。

今日はシリウス様は珍しく王宮へ行っている。急に国王に呼び出されたということで、朝方からばたばたとしていたのだ。

私の方はソレイユから誘いが来ていたのだが、シリウス様がヤキモチを焼くからと言って断った。「あらあら、ご馳走様」なんて返事が来たが、多分私よりもソレイユの方がばれたらまずいと思う。

ソレイユのためにも、今回の件が兄に見つからないように祈っておこう。

「綺麗ね」

公爵邸の庭は見事な薔薇がたくさん咲き誇っている。薔薇園と言ってもいいほどの量だ。

薔薇のアーチがいくつも作られ、ダマスク系の華やかで濃厚な香りが漂っていた。

私と初めて会った十年前から少しずつ数を増やしてきたとシリウス様が言っていたが、赤とピンクの薔薇しかないのがある意味彼らしい。誕生日の薔薇の花束も公爵邸の庭のものを贈っていたのだと聞けば、この薔薇たちにも妙に親近感が湧いた。

「静かだわ。王都のど真ん中だとは思えない」

王都の中心近くにある公爵邸は他の屋敷に比べてもかなり広い。そのせいか庭にいてもあまり外の馬車の音まで聞こえたりしないのだ。

薔薇を楽しみつつ、ゆっくりと散策する。

せっかくたくさん咲いているけれど、そろそろ薔薇のシーズンも終わりだ。この花たちが散ってしまう頃には、私もシリウス様と結婚して公爵領に移動しているだろう。代わりにこの屋敷には前公爵夫妻――つまり私の義理の父と母が引っ越してくる。新婚なら二人きりの方がいいだろうと気を利かせてくれたのは分かるのだが、孫を大いに期待されていることにも気づいていた。

近づいてきた結婚式を思うと、胸の奥が温かくなる。

ようやくシリウス様の妻になれるのだと思うと、嬉しくて泣きたくなってしまう。

「ふふ、駄目ね。またリーリスに怒られてしまう」

下手に泣いて目を腫らしてしまえば、きっと侍女のリーリスは怒る。それは本当に怒っているわけではなく、私を心配してのことだと分かっていた。

あの時私に忠告したのも、私のためを思ってくれたからなのだから。

今は私とシリウス様が一緒にいるのを見て、上手くいって良かったと喜んでくれている。

そんな彼女の夢は私とシリウス様の子供を抱くことらしいのだが……それについては義理

の両親のこともあるし、早く期待に応えられるといいなと思う。

ぼんやりと考え事をしながら薔薇と薔薇の間にある小さな細道を歩いていると、がさりと音が鳴った。

「きゃっ……」

どきりとして足を止める。

私の目の前に、突然一人の貴族服を着た男性が飛び出してきたのだ。

見覚えのある姿に吃驚し、目を瞬かせる。どうして彼がここにいるのか分からなかった。

「え……？　ベリド様？　どうしてここに？」

目の前に突如として現れたのはベリド様だった。

「セレネ嬢……」

声を掛けると、ベリド様ははっと気づいたようにこちらを向いた。

私を認め、険しかった顔がふわりと和らぐ。ガウェイン様そっくりの美しい容貌が、薔薇を背にすると更に映えるように思えた。

「良かった。ここで君に会えるとは運が良い。公爵邸に忍び込む手間が省けた」

嬉しそうに笑うベリド様。そんな彼に対し、私は眉を顰めた。

「何を仰っているのですか？　ここはノワール公爵邸です。今なら目を瞑りますから早々に立ち去って下さい」

無断侵入なのは見て明らかだ。

いくら知り合いだとしても例外を認めるわけにはいかない。式はまだでも私はシリウス様の妻として、その留守を守る義務がある。

毅然《きぜん》と告げると、ベリド様は「そう来るとは思わなかった」と肩を竦めた。

「せっかく君に会いにきたというのに、存外冷たいんだな」

「意味が分かりません。あなたと個別にお会いする約束などしていないはずですが」

そう言いながらも、一歩ベリド様から下がる。なんだか嫌な予感がしていた。

私の動きを見て、ベリド様は目を細める。その表情はまるで野獣のようで、悲しげに微笑むことの多いガウェイン様とは似ても似つかなかった。ベリド様はその顔のまま私に告げる。

「セレネ嬢。俺は君が好きだ。どうか俺と共に来てくれ」

「え……」

突然の告白に言葉を失った。何を言われたのか、一瞬理解できなかったのだ。

私に向かって手を伸ばすベリド様。それを見て初めて私は状況を理解し、大きく目を瞠った。

「あの日初めて会った君に、どうやら俺は恋をしてしまったようなんだ。愛している。君に会えない時間が耐えられない。毎日夢にまで出てきて俺を誘う君に、我慢ができずこうして会いに来てしまった」

「お帰り下さい」

とんでもないことを言い出したベリド様に向かって、私ははっきりと告げた。

「私に恋をしているなど、思い違いに決まっています。ベリド様には私よりももっと良い方が見つかるでしょう。どうかお引き取り下さい」

「そうかな。君よりも素晴らしい人は見つけられないと思うのだが」

「一度だけ、それもほんの短い間お会いしただけで？　信じられません」

言いながら、これについては少し嘘をついたと思っていた。

何故なら私は十年前、彼の言うようにたった一度の短い出会いだけでシリウス様に恋をした経験があるから。そういう想いが本当にあることを実体験として知っているから。

でも、ここでそれを認めてしまうわけにはいかないと私は思っていた。ベリド様は更に言葉を紡ぐ。

「一目惚れだ。この前も言っただろう。好みのタイプだと。あの時はまさか自分が恋をしたとは思わなかったんだ。だけどこれは間違いない。俺は間違いなく君に恋煩いをしている」

「応えられません」

どこかうっとりと告げる男の声音が怖くて、もう一歩ベリド様から距離を取った。

ベリド様がそんな私を見て微笑む。その笑みには余裕があった。

「怯えているのか？　どうして？　俺は君に愛を告げに来ただけなのに。ノワール公爵との婚姻はまだなのだろう？　彼を捨て、俺の手を取ってくれ。君は俺の容姿が好きなのだと言っていたではないか。あの時だってそうだ。君は俺を素敵だと言って随分とはしゃいでいた。熱い目で俺を見て、微笑んでくれたではないか。あの時の笑顔が嘘だとは思えない。あの時君は確かに公爵ではなく俺を見てくれた。君に好かれる条件はあるはずだ。君の望む通りに振る舞うと約束する。だから」

「お断りします」

長々と自分の想いを語り続けるベリド様が気持ち悪い。

確かにガウェイン様の台詞を読んでもらって喜んだのは事実だが、彼の言うような目を向けた覚えは断じてなかった。流れでヒロイン役を演じはしたが、自分の本心と混同などしない。私の心はいつだってシリウス様のものだからだ。

私がシリウス様を捨てる？　そんなことあり得るはずがない。

私に向かって手を差し出してきたベリド様を、私は厳しく拒絶した。ベリド様は不思議そうに言う。

「どうしてだ。君は知らないかもしれないが、あの公爵の本質は粘着で陰湿《いんしつ》だ。もし結婚なんてしてみろ。屋敷に閉じ込められて誰とも会わせてもらえず、ただ鬱屈とした一生を送るだけのつまらない人生になってしまうぞ。そうなる前に俺が君を救ってやる。君を外の世界へ連れ出してやる」

ベリド様の言葉を聞き、私は晴れやかに笑った。

「たとえそれが本当だとして、どうしてつまらないだなんて決めつけるのですか？」

「何？」

意味が分からないと訝しむベリド様に、私ははっきりと言った。

「シリウス様がいて下さるのなら私は別に構いません。それだけ私を愛して下さっているということですもの。それに、シリウス様はお優しい方です。そんなこと、本気でなさるはずがありません」

但し私が裏切らなければという条件はつくが。

シリウス様は本当はとても怖い方だ。それはさすがに一緒に住むようにもなれば薄々と分かってくる。

彼が本気になれば確かにベリド様の言う通り、私を閉じ込めてしまうことも辞さないだろう。それは実際にシリウス様からも言われている。

でも、それは私にとってなんの脅威《きょうい》にもなり得ない。心配する必要は全くない。何故なら私はシリウス様のことが本当に大好きだし、彼以外なんて考えたこともないのだから。

私がきちんとシリウス様を見ていれば、彼はいつまでも穏やかなままでいてくれる。

それだけは確信できた。

「私はシリウス様を心からお慕いしているのです。ですからあなたのお心にはお応えできません」

それから辺りをきょろきょろと見回した。

「あなたとは行きません。あの……すみませんが本当に早々に立ち去っていただけませんか？　私の未来の旦那様はとても嫉妬深くて……こうしてあなたと二人で話していたことがばれてしまえば、また怒られてしまいますから」

再度断りを入れれば、信じられないとベリド様は驚愕に目を見開いた。

それからチッと舌打ちをする。あまりにも似合わない仕草に、今度は私の方が驚いてしまった。

動けずただベリド様を凝視していると、彼は私を見て鬱陶しそうに溜息をついた。その表情ががらりと変わっている。今までが嘘のような荒々しくも粗野な表情。美しい清廉としたベリド様の容姿に全く似合わない。だがどこかしっくりくるようにも見えるのが不思議だった。

ベリド様は私を睨むともう一度チッと舌打ちをした。

「優しい言葉を掛ければほいほいついてくると思ったのに、そう上手くはいかないか。全く、手間を掛けさせてくれる」

「べ、ベリド様？」

呆然としていると、かつかつと歩み寄ってきたベリド様は私の腕を掴んだ。

「きゃっ……」

「遠回りなことはせずに、最初からこうすれば良かったな。何がお慕いしています、だ。鬱陶しい」

「は、離して下さいっ！」

振り払おうとしたがベリド様の腕の力は強く、びくともしない。

袖の下から伸びる腕は太く筋肉質で、鍛えているのが一目で分かった。

「お前には人質になってもらう」

遠慮なく力を込められ、痛みに顔を歪める。それだけで、シリウス様が今までどんなに私に対して手加減してくれていたのかということに気づいてしまった。

激しく怒っていても、手荒に扱われたことなど一度もない。

いつだってシリウス様は私が傷つかないように、最大限に注意を払ってくれていたのだ。

こんな時だというのにシリウス様の優しさを感じ、私は涙が滲むのを抑えきれなかった。

「離して！　離して下さい！」

叫ぶ私を無視して、遠慮なくぐいぐいと私を引きずりながら庭の奥へと向かうベリド様。

必死で抵抗するも、私程度の力ではどうしようもなかった。

「いやっ！　離して！　触らないでっ！　誰かっ‼」

「うるさい女だ。屋敷の人間を殺されたくなければおとなしくしておけ」

「えっ……」

私を一瞥《いちべつ》し、告げられた言葉に身体が固まった。

屋敷の人間を殺す？　ベリド様が？

愕然として黙り込んだ私に気づき、ベリド様がにやりと笑った。

今までとは全然違う嫌な笑顔。それを向けられると恐怖で身体がカタカタと震え始める。

ベリド様はふんと鼻を鳴らした。

「俺はな、お前の婚約者のシリウス・ノワール公爵に恨みがあるんだ。元々憎んではいたが、今回あの公爵のせいで俺や俺の仲間は捕まった。仲間のお陰で俺だけはなんとか脱出できたが、俺は絶対にあの男を許さない！」

「仲……間？」

捕まったとか脱出したとか、なんの話か分からない。震えながらもベリド様を見つめると、彼は念を押すように言った。

「さっきの言葉。屋敷の人間を殺すというのは本気だからな。俺を怒らせるな」

ぎろりと睨みつけられ、私はその強い覇気《はき》に居竦んだ。

強い恨みの籠もった負の感情が怖くて、身体が更に激しく戦慄く。

私が震えているのを見て、ベリド様は満足そうに笑った。

「自分の立場が分かったようだな。お前は婚約者である公爵にも、国王にも可愛がられているると聞いている。その上、あの親衛隊隊長の妹だ。仲間を解放させるのに、お前以上の適任はいない」

「そんな……」

だから私に近づきたかったのだと言うベリド様。

どういうことなのかよくは分からなかったが、一人で逃げ出してきたというベリド様は、直接の原因となったシリウス様へ恨みを募らせ、私という存在がいることを突き止めたらしい。

復讐に私を利用しようと考え、私がソレイユの屋敷に頻繁に出入りしていることを知った彼は偽名を使ってスヴニール元侯爵の友人を騙し、まんまと世話をさせることに成功したのだ。屋敷に入ってしまえば後は私が来るのを待つだけ。

どう近づこうかと思案していたところにソレイユがその美貌に引っかかり、後は芋づる式に私と面識を得たのだと言われればもう、黙り込むしかなかった。

「お前が俺に惚れれば、それはそれであの公爵にダメージを与えられたのだがな。そこまで上手くはいかないか」

「当たり前です……私はシリウス様以外は……」

そこだけは主張したくてぐっと睨みつける。するとふんと鼻で笑われた。

「恋愛小説の台詞を男に読ませて喜んでいるような女の癖によく言う」

「あ……あれは」

「お前のような女、誰が興味などあるものか。……まあ体つきだけは悪くないがな」

胸の辺りに視線を感じ、怖気《おぞけ》が走る。

ベリド様は私を摑む腕の力を更に強めた。

「王宮には俺が逃げたと連絡が行った頃だろう。あの公爵に見つかる前に先に動く。そのために先にお前を押さえに来た。これで俺の勝ちだ」

「うーん、それはどうかなあ」

いい気味だと言うベリド様の笑い声を遮るかのように、実にのんびりとした反論が入った。

「誰だっ⁉」

背後から聞こえた声に、ベリド様が私の腕を摑みながら振り返る。

視線の先にいたのは白い隊服を着込んだ兄と、その部下である親衛隊の隊員たち。彼らは全員剣を抜き、こちらに刃を向けていた。

皆と同じ純白の長衣に身を包んだ兄は、一人だけ隊服と同じ色の手袋とマントをつけていた。

「お前のくだらない企みはここで終わりだよ。おとなしく捕まっておけば良かったのに、逃げ出すなんてね。しかも僕の妹に手を出すとは……命が要らないようだねえ」

口元にいつもの柔らかい笑みを湛えたまま告げる兄。だが、私と同じ琥珀色の瞳が全てを裏切っていた。

甘さの欠片もない冷たく鋭い視線はベリド様をひたと見据えている。

ベリド様が苦々しげに吐き捨てる。

「その白服……親衛隊の隊長か……どうしてここが分かった」

その質問に、兄は笑うだけで答えなかった。代わりに言う。

「ああそうそう、屋敷にいたお前が雇ったごろつきたちはすでに捕縛済みだから。後はお前一人だけ。残念だったたね」

「くそっ！　だがこちらには人質がいる！」

「きゃっ」

腰から剣を抜き、ベリド様は私をぐいっと近くに引き寄せた。喉元に剣を近づける。

鋭い剣先が突きつけられ、私はひっと息を呑んだ。

だがそんな私を見ても、兄は表情一つ崩さない。うんうんと頷いた。

「まあ当然そう来るだろうねえ。でもそれは賢くないよ。だって僕は言ったでしょう？　それはどうかなあって。話を聞いていなかったの？」

「何？」

兄の言い方に何かを感じたのか、ベリド様が兄たちを警戒する。

兄は笑いながら言った。

「違うよ、僕じゃない。後ろ後ろ」

ベリド様の後ろを指で示す兄。

騙されないぞとベリド様は兄を睨みつけながら、それでも後ろをちらりと見た。

私も同じように視線を移す。

「あっ……」

先ほどまで確かに誰もいなかったはずの場所。そこに一人の背の高い黒の長衣を着た男性が、日を背に受けて悠然と立ちはだかっていた。

一瞬誰なのか分からず目を眇《すが》め、やがてそれが自らの婚約者だということに気づく。

「シリウス様っ！」

剣を突きつけられていることも忘れ思わず声を上げると、私を捕まえていた腕に力が籠もった。

「ノワール公爵！」

忌々しいと言わんばかりの声音。

シリウス様は薄らと笑みを浮かべている。その格好は今朝屋敷を出て行った時のままで、一つ違うところがあると言えば、腰に長剣が下がっているくらいだ。

「鈍いですね。ようやく気づきましたか。さあ、私の大事なセレネを返して貰いましょう。利息は高くつきますよ？」

冷えた声でベリド様を一瞥するシリウス様。彼は私に視線を移し、にっこりと笑った。

「怖い思いをさせてすみません。私が来たからにはもう大丈夫ですからね。……いつまでその汚い手で私のセレネに触れているつもりですか。さっさと離しなさい。不愉快です」

しっしと汚いものを払う仕草をするシリウス様に、ベリド様は満面朱を注ぎ、声を荒ぶらせた。

「誰がお前の言うことなどっ！」

「素直に従った方がいいと思うけどなあ」

反対側にいる兄が、いきり立ったベリド様とは全く違う穏やかな声で言う。

部下たちに動くなと手振りで伝え、兄自身は一歩前へと踏み出した。

その表情はとても楽しそうだ。

「だってシリウス、本気で怒っているからね。彼は僕よりよっぽど容赦のない男だよ」

兄の言葉を聞いたシリウス様が、心外だという顔をした。

「あなたにだけは言われたくありませんね」

「それ、僕の言葉だから」

「くっ……近づくな」

更に近づいてくる兄に、ベリド様が無意識に後ずさる。視線をせわしなく兄とシリウス様の両方に走らせていた。

「あ……」

二人に気を取られているのだろう。少しだけ突きつけられた剣の切っ先の方向がずれ、私を拘束している腕の力が緩んでいた。

……今なら逃げられるかもしれない。

「っ！」

それに気づいた瞬間、私は思い切りベリド様の身体を押していた。

身を捩って私を捕えていた腕から逃げ出す。私が反撃するとは思わなかったのだろう。ベリド様は見事に体勢を崩した。

「っ！　くそっ……待て！」

「シリウス様っ！」

「セレネ！」

ベリド様から逃れた私は、まっすぐシリウス様の腕の中に飛び込んだ。

驚いた顔をしたシリウス様は、それでも私をしっかりと受け止めてくれる。

私を追いかけようとしたベリド様は、私がシリウス様に保護されたのを見て、チッと舌打ちをしながら兄とシリウス様から距離を取った。

「シリウス様……」

世界一安心できる場所で息をつく。

無茶をしたせいか心臓がばくばくと激しく脈打っていた。私を抱きしめたシリウス様が頭を撫でながら言う。

「全く……危ないことはしないで下さい。肝を冷やしましたよ」

「ごめんなさい。でも、シリウス様のところに早く帰りたかったのです……」

シリウス様のお荷物になどなりたくなかったし、シリウス様ではない男に触れられているのも我慢できなかった。だから咄嗟に逃げ出してしまったのだが、危険なことをしたのは事実だ。

謝罪するとシリウス様の腕に力が籠もった。それから私を離し、自らの後ろに庇う。私はシリウス様の上着をきゅっと握った。

シリウス様が私に視線を向けながら小声で言った。

「自分から私の元へ戻ってきたことに免じて、今夜のお仕置きは勘弁してあげますよ。全くあなたときたら、私のいない間に男に口説かれているのですから」

「えっ……？」

私はシリウス様の上着を摑んだまま固まった。

どうやらシリウス様はベリド様との一連の会話を聞いていたみたいだ。

自分から逃げてきたことでお仕置きはされずに済みそうだが……それでもシリウス様はまだ怒っているように見えた。だって声が恐ろしく冷えている。

「くそっ……」

私を奪われたベリド様が、悪態を吐きながらシリウス様を睨みつけた。

味方もいない、親衛隊に囲まれている状況でも彼は気力を失ったりはしなかった。

距離を取られたことで近づくのを止めた兄が、「そうそう」と実にわざとらしく言う。

「すっかり忘れていたよ。さっきの質問の答えだけどね。ここを突き止めたのはシリウスだよ。種明かしは彼に聞くといい」

「なんだと?」

兄の言葉を聞き、再度ベリド様がシリウス様に視線を向ける。慎重に口を開いた。

「……ノワール公爵。どういうことだ。どうして俺がここにいると分かった。どこにも情報は漏らしていないはずだ」

ベリド様の疑問に、シリウス様は「ええ」と余裕たっぷりに頷いた。

「確かに逃げ出したあなたの情報はどこからも出てきませんでした。だからこそ今朝になって、私は王宮から呼び出しを受けたのですよ。少し前に捕まえた、国王に反乱を企んでいた組織のリーダーが牢から逃げ出した。未だ見つかる気配すらない。手がかりもないので捜索に加わるようにとね」

反乱？　穏やかではない響きに顔を上げ、兄を見つめる。

私と視線が合った兄は目だけで頷いてきた。

考えもしなかったベリド様の正体に驚きを隠せない。

シリウス様はといえば落ち着いたもので、「あなたが逃げ出したせいで宰相には嫌みを言われてしまいました」とぼやいていた。

「気づいたのは本当に偶然ですよ。今朝、出かけようと準備をしていた時、偶然テーブルに乗っていたセレネの本を落としてしまいましてね。開いた頁が丁度挿絵のある場所だったのです。……そう、なんと言いましたか。ああそうだ、ガウェインという登場人物がアップになっている挿絵でした」

「あ」

私が弁明のために置いていた本だ。

ベリド様とガウェイン様が、いかに似ているかを見てもらおうと思って用意していた本。それを偶然見たというシリウス様は「驚きました」と笑った。

「すぐに気づきましたよ。あなたを最初に捕まえた時、私もその場にいましたからね。随分整った顔の男だと思ったものです。まさか小説の挿絵にまで出張っているとは考えもしませんでしたが……」

それで私が会った男が探していた張本人だと気づいたのだと言うシリウス様。

急いで王宮に向かったシリウス様は、リーダーの男がスヴニール侯爵邸に潜伏していることを国王と父と兄に報告し、スヴニール侯爵を呼び出し協力を要請したと言う。

スヴニール侯爵としてはさぞや青天の霹靂だったことだろう。父親の友人からの紹介で世話をしていた男が、実は国王相手に反乱を起こそうとしている集団の首謀者だと告げられ、彼は必死で己の無実を主張したらしい。

曰く、私は関係ないと。

侯爵としては家の名前に傷がつくのはどんなことをしても防ぎたかったのだろう。娘も結婚を控えている。彼は娘の婚約者である義理の息子となる兄に、無実を証明するためならどんな協力でもするからと泣きついたらしい。

勿論兄は、愛する婚約者を悲しませたくないからとその提案を受け入れた。

そうしてスヴニール侯爵の合意を取り付けた兄とシリウス様はスヴニール邸を親衛隊全員で取り囲み、屋敷の中をそれこそ隅々まで捜索したのだが――。

「あなたはすでに侯爵邸を後にしていました。そこで考えたのです。後ろ盾も殆ど失い、仲間も捕えられたままのあなたが行いそうなこと。あなたは私を恨んでいる。セレネとまんまと面識を得たあなたが、彼女を利用しないはずがないと思いました」

ベリド様の行き先を予測したシリウス様は、兄とそのまま親衛隊を引き連れ、公爵邸に急行した。そして今に至っている。

間に合って良かったと笑ってくれるシリウス様に、後ろから強く抱きついた。

シリウス様が私の手の上にそっと自らの手を重ねてくれる。

「シャリオ・サジテール。五年前、王太子の即位を反対していた組織のリーダー、グラン・サジテールの息子ですね。父の意思を継いでリーダーに就任したのですか？　その割にはお粗末な終わりですが」

シャリオと呼ばれたベリド様は、唸るように言った。

「……父は捕まって処刑された。お前の父親に処刑されたんだ」

話を聞き、シリウス様は得心したように頷いた。

「なるほど。そしてあなたを捕まえたのはこの私ということですね。それで特に私を恨んだわけですか。ですが、あの計画は父だけではなく宰相も関わっていましたよ」

「だからお前の婚約者がその女だと知った時は狂喜乱舞《きょうきらんぶ》したさ。本当にどこまでも都合がいいとな」

ハハハと大声で笑うベリド様。シリウス様は不快げに眉を寄せた。

「その言い方ですと、人質として利用した後はセレネを殺す気でしたね？」

「はっ！　当たり前だ！　父の望みであった国王は勿論だが、宰相も前公爵も、そこの親衛隊の隊長もお前も、その女も最終的には全員殺してやるつもりだったさ！　それなのに！」

　ぎろりとベリド様は私を睨みつけた。

「結局その女の馬鹿な本のせいで俺の計画は潰されるのか！」

「っ！」

　悪意を向けられ、居竦んでしまった私をシリウス様が優しく宥める。

「あんな男の言う言葉を真に受けないで下さい。セレネ、お手柄でしたよ。あなたのお陰でこの男の居場所を特定できたのですから。……ベリドなんて妙な偽名を名乗って。今度こそ逃げ出したりできない場所に入ってもらいますからね。私の手落ちだと疑われるのは心外です」

　余裕たっぷりにベリド様に向かうシリウス様。

　少し考える素振りを見せたベリド様は、さすがに分が悪いと悟ったのだろう。脱出口を探るように視線を彷徨《さまよ》わせた。

　それにめざとく気づいた兄が言う。

「あ、逃げようとしても無駄だから。お前の乗ってきた馬車も押さえたし、騙して資金援助をさせていた前侯爵の友人には僕の部下から連絡を入れさせた。今頃は王宮に出頭して陛下に無実を訴えている頃なんじゃないかな。ほんと困るよね。よりによってソレイユのお祖父さんの友人を騙すなんて。ソレイユにまで被害が及んだらどうしてくれるつもりなんだか」

僕の大事な人なんだよと笑う兄からはひんやりとしたオーラが漂い出している。

シリウス様も追随した。

「彼やスヴニール侯爵は無実が認められるでしょうけれど、あなたはねえ？　しかるべき取り調べを受けた後、斬首刑が妥当でしょうね。お父上と……ああ、あなたの仲間たちが先に待っていますから寂しくはありませんね」

さらりとすでに仲間が処刑されたことを告げるシリウス様。

言われた言葉を理解し、ベリド様は大きく目を瞠った。

ふるふると身体が震えているのは怒りからだろうか。

「あいつらは……死んだのか？」

静かすぎる声。反して答えるシリウス様はと言えば、どこか楽しそうだ。

「あなたを逃がしたことがばれた時点で当然死罪ですよ。当たり前ではありませんか。気づかれていないと思っていたのでしょうけど、あなた方が隣国に接触していた証拠も摑んであります。ほら、罪状は十分すぎるでしょう？」

更に容赦なく罪を突きつけるシリウス様に、兄が呆れを隠さない口ぶりで言った。

「本当にお前は有能だね。いつの間にそんなものまで用意したんだか」

シリウス様は薄らと微笑んだ。

「これでは足りない、と言われた時のための保険だったのですよ。私はもう『待て』をする気はありませんでしたから」

「なるほどね」

「仲介人はすでに逃げ出したようです。勿論追っ手は掛けてあります。そちらもすぐに知らせが届くでしょう」

「お見事。さすがに文句のつけようがないんじゃないかな」

全ての手配は終わったと言うシリウス様に、兄はぱちぱちと拍手した。

くつくつと笑いながら兄は何度も大きく頷いた。

「くそっ！　くそおおおおっ！」

突然、ベリド様が大声で叫んだ。

逃げ場もない。仲間も死んだと告げられ、ベリド様は空に向かって吠えた。

「すまない、父上。すまない、お前たち。お前たちを犠牲にしても結局俺は何も成し得なかった！　だが‼」

ぎっとシリウス様を睨みつけると、がむしゃらに切りかかってくる。

「せめてお前だけでも道連れにしてやるっ！　死ねっ！　公爵っ！」

「シリウス様っ！」

咄嗟に庇おうとしたが、シリウス様に片手で制止された。その目が大丈夫だと告げている。微笑みさえ浮かべながら、シリウス様はベリド様の方へゆっくりと視線を向けた。すっと眼鏡を押さえる。

「良かった。これで正当防衛を主張できますね。……死ぬのはあなたです」

酷く穏やかなシリウス様の声。

いつの間に抜いていたのか、その手には抜き身の剣が握られていた。

剣が優美な曲線を描き、一瞬後にはもうその剣先はベリド様の腹に深々と突き刺さっていた。シリウス様は顔色一つ変えず、彼の腹から剣を引き抜く。

「あ……あ……」

ベリド様が振り上げた剣はそのままで止まっていた。

ふらふらと数歩下がり、どうと仰向けに倒れる。その腹からは鮮血が溢れ出していた。

「あっ……なぜ……だ……お前は……剣を……？」

信じられないと血を吐きながらも驚愕の顔をするベリド様。

シリウス様が淡々と答える。

「私に剣の心得がないと誰かに聞きましたか？　確かに剣を使っているところは滅多に見せませんし勘違いしている方も多いのは事実ですが、腰に下げている剣は飾りではありません。あなたにとっては残念なことに、剣はわりと得意な方なのです。ヘリオスほどではありませんけどね」

情報不足でしたねと告げるシリウス様。

ベリド様はもう答えられる状態ではなかった。血を流しすぎて死んでいたのだ。私はそれを見て、ただ呆然とすることしかできなかった。

一連の流れをのんびり傍観《ぼうかん》していた兄が剣を収める。

「僕とやり合えるんだから十分すぎると思うけどなあ。それに王宮内では剣を使えることをわざと隠しているくせによく言うよ。誰に聞いたってお前は剣を使えないと答えると思うけどね」

シリウス様はしたり顔で頷いた。

「それは良かった。ですが実際こうやって引っかかってくれますからね」

血を払い、剣を鞘に収めるシリウス様の手元を見つめながら、兄が不思議そうに首を傾げる。

「お前の手を見ればすぐに分かる嘘だと思うんだけどなあ」

「見せませんよ。そんなミスは犯しません」

「まあ、そうか」

そこで話を切り、兄は倒れたベリド様に近づいていった。

てきぱきと遺体を確認する。

「うーん。やっぱり死んでるか。どうせなら僕がとどめを刺したかったけど。ま、いいや。

十分正当防衛だと思うよ」

「ありがとうございます。たとえ恋愛感情でなくとも、セレネに熱い目を向けられた時点で死ねば良いと思っていました。それに、私のセレネを乱暴に扱って……。作戦途中だからとあの時は我慢しましたが、憤懣《ふんまん》やる方ない気持ちでいっぱいでしたよ。清々しました」

丁度良い機会でしたねと、とても良い顔で笑うシリウス様が少しだけ怖い。

兄は肩を竦めて隊員たちにベリド様の遺体を運ぶよう命じた。

隊員たちは手際よく仕事をこなしていく。

それをぼんやり眺めていると、兄がこちらを見ずに言った。

「彼は親衛隊《うち》で引き受けるよ。シリウス、お前はセレネについていてやるといい」

「言われずとも最初からそのつもりでした」

「そうだろうとも。……ああ、そうだ。僕も後でソレイユに話を聞かなくちゃいけないかなあ。この男のこと、セレネと一緒になって騒いでいたんだろう？　全く、ばれなければ良いと思っている辺り、あの子もまだまだ可愛いものだよね」

そろそろ誰のものなのかしっかり教え込まなくちゃいけないかなと物騒に呟く兄。

それを聞き、私はソレイユの無事を心から祈った。

そのまま兄は親衛隊の隊員たちと帰って行き、その場には私とシリウス様だけが残された。シリウス様が気遣わしげに聞いてくる。

「セレネ、大丈夫ですか？」

「……はい、シリウス様が一緒ですから」

人が死ぬところを見たのは怖かったが、それでもシリウス様が側にいてくれたから耐えることができた。少しだけ震えながらも伝えると、シリウス様はぎゅっと私を抱きしめてくれた。

「愛しいセレネ、あなたが無事で良かった。……あなたが迷わず私を選んでくれて嬉しかったですよ」

耳元で熱く囁かれる言葉に、私は微笑みを返した。

「そんなの当たり前です。私はシリウス様しか好きではありませんもの」

「ええ、そうでしょうとも。でも嬉しかったのです」

そう言って、私を横抱きに抱え上げるシリウス様。私は慌てて彼の首に抱きついた。

「きゃっ」

「ふふ、大事なあなたを落としたりなんてしませんよ。さあ、これであなたのお父様から出された課題も完璧にこなしました。もう誰にも文句は言わせません。心置きなく式を挙げることができます」

「課題？　なんですか、それ」

本当に嬉しそうに笑うシリウス様が眩しくて、私まで顔が緩んでしまう。

シリウス様の言葉が気になったので尋ねてみたが、「いいえ、なんでもありませんよ」と笑顔で躱されてしまった。

屋敷へ向かって歩きながらシリウス様が言う。

「結婚式が待ち遠しいです。あなたを正式に妻にしたら公爵領に戻って——そうしたら後はずっと一緒ですよ。構いませんね？」

それは私もずっと望んでいたことだ。だから私はシリウス様に向かって満面の笑みを浮かべてみせた。

「はいっ、勿論です。私、シリウス様を愛していますから！」

終　章　公爵様の愛し方

事件が終わってしばらくして、私は無事、シリウス様と結婚することができた。

式の日父は号泣していたが、母と兄は呆れた顔をしていた。

兄から聞いたのだが、父は私を結婚させたくなくて、シリウス様に無理難題を押しつけていたらしい。

母からは「止められなくてごめんなさいね」と謝罪されたが、母がいつもわりと子供なところのある父に苦労しているのは知っていたので、恨む気持ちにはなれなかった。

国王と王妃には結婚式の前日にこっそり祝いをしてもらった。

上手くいって良かったと言ってくれた国王から、やはり父が障害となってなかなか話が進まなかったこと、シリウス様が気の毒になったのと私の気持ちを汲んで婚約を先に進めてくれたことなどを聞けば、ひたすら頭を下げるより他はなかった。

一緒にいたシリウス様が、気にしなくて良いと言ってくれたことだけが救いだった。

しかしその時何より驚いたのが、帰る間際に国王と王妃から子供ができたという話を聞いたことだ。

「まだ公表はしていないの。でも、あなたたちには先に教えておこうと思って」

照れくさそうに告げる王妃は自分の腹を愛おしげに撫でていた。

念願の第一子の妊娠に、私も笑顔で祝福する。彼女が世継ぎを望む声に苦しめられていたのは知っている。国王も嬉しそうで、本当に良かったと思った。

「おめでとうございます」

「ありがとう。あなたたちも早く作ってね。同じ年だと嬉しいわ」

王妃から期待の眼差しで見つめられた私が答えるより先に、隣にいたシリウス様が微笑みながら請け負った。

「ええ、お応えできるよう頑張りましょう。ねえ、セレネ」

「は……はい」

私もシリウス様との子供は早く欲しい。頷くと、耳元でシリウス様がそっと囁いた。

「良い子ですね。では、さっそく今夜から励みましょうか」

「シ、シリウス様……」

「ふふ、たっぷり愛してあげますからね」

どろりとした欲の詰まった声で告げられるとシリウス様との行為を思い出してしまい、身体の奥がきゅんと疼いてしまう。

こんな時だというのに期待する自分が浅ましくて俯いていると、「セレネは照れ屋さんですから」と国王夫妻の目の前で抱きしめられてしまった。

好きな人に愛しているのだと態度で示されて嬉しく思わないはずがない。恥ずかしかったが、それ以上に幸せで眩暈《めまい》がするかと思った。

もう本当に私ときたら、シリウス様が好きすぎてたまに困ってしまう。

ともかくそんな感じでシリウス様とめでたく夫婦になった私だったが、実は私とほぼ同時期にソレイユも結婚していた。

結婚式の日取りは突然発表されたのだが、それがいきなり明日という信じられないスケジュールだった。

どうしてそんな強行日程が可能なのかと驚いたが、シリウス様によると、兄はスヴニール侯爵に『無実の罪を晴らす手伝いをする代わりにさっさと結婚させろ』と条件を持ちかけていたらしい。我が兄ながら、手抜かりがなさすぎる。

しかしソレイユの父である侯爵が了承するのは分かるが、肝心のソレイユの方がよくこんな突然の挙式を承諾したものだ。訝しみながらも出席の返事を出した。

結婚式当日、花嫁の控え室に祝福を述べに行くと、そこには真っ白なウェディングドレスに身を包みつつもやけに憔悴しているソレイユの姿があった。

「ソ、ソレイユ大丈夫なの？」

祝福の言葉もそこそこに慌てて駆け寄ると、ソレイユはぐったりしながら私を見つめて真顔で言った。

「セレネ。ヤンデレが美味しいのは物語の世界の話だけよ。現実ではあり得ないわ」

「……あ、そう……ね」

冷や汗が流れた。どう考えても兄の話だった。

どうやらソレイユはあの事件の後、嫉妬に燃え上がった兄に散々お仕置きされ、結婚を強引に了承させられたらしい。

頷くまで抱かれっぱなしだったと身を震わせながら語るソレイユの目には、諦めの色が滲んでいた。

「本当、ヤンデレは怒らせてはいけないということがよく分かったわ」

性質《たち》が悪いったらないわと嘆くソレイユだったが、その声に悲壮感はなかった。

「ヘリオス様ったら、父に頼んで私を男に会わせないようにしていたらしいのよ。どうりでベリド様とも挨拶させてくれなかったはずだわ」

そういえばいつの間にかベリド様がいなくなっていたのよと首を傾げるソレイユだったが、彼女には当然今回の顚末は知らされていない。

侯爵邸を調べる時も、兄が上手くソレイユを避難させていたらしいし、ベリド様の正体も、死んでしまったことも知らないままだ。その方が良いと私も思う。

「もう一度くらいお会いできれば良かったのに。そうすれば今度はあの台詞も……」

「ソ、ソレイユ」

全く懲りていないソレイユの発言に私の方が慌てた。

「ま、いつまでも婚約者のままというわけにもいかないし、良い機会だったのかもしれないわね」

結局兄のことが好きなのだと笑ったソレイユは、幸福な花嫁の顔をしていた。

彼女は兄と結婚し、それまで私が住んでいた王都のブラン侯爵邸に移り住んでいる。

私の方はといえば予定通りシリウス様と一緒に公爵領の屋敷に引っ越し、毎日幸せな日々を過ごしているのだが——。

◇◇◇

「んぅ……んっ……やあっ」

「ふふ、私の妻は今日も可愛らしい。こういうのも好きでしょう?」

王都から少し離れた場所にある公爵領。その中心となる屋敷は殆ど城と呼ぶに相応しく、王都の屋敷とは比べものにならないほど大きかった。

広い大広間に玄関、世界各国の彫刻や絵画が展示されたロングギャラリーは驚くほど長く、応接室も王族をいつでも迎えられるほどに豪奢だ。

屋敷は三階建てで地階には自慢のワインセラーがある。公爵領は質の良いワインが作れることで有名だった。

その三階の一番大きな部屋。屋敷の主人の部屋でもある主室の奥にある寝室。

そこで私は大きな窓に身体を押しつけられた状態で、シリウス様の男根に貫かれていた。

「やあっ……こんな……恥ずかしいのは嫌です……んんっ」

ずんずんと強く奥を穿たれ、淫らな喘ぎ声が寝室に響く。

「嘘はいけませんね。あなたは恥ずかしいのは大好きなはずです。だってほら、今だって食いちぎらんばかりに私を締め付けていますよ？　本当は気持ち良いのでしょう？」

「ああっ」

グリグリと後ろから突き上げられ、甘い声が上がる。二人とも服は着たまま。下着を乱しただけの状態で繋がっていた。

胸元にはサファイアのネックレスが揺れている。実は兄ではなくシリウス様からの贈り物だと聞き、酷く驚いたのは少し前の話だ。

「あっあっあっ……」

快楽に流され、涎が零れる。

「ああほら、下で庭師が庭の手入れをしているのが見えますね。もしかしたら彼からこちらが見えてしまうかもしれませんよ?」

「いやあっ……」

シリウス様の言葉に反応し、肉襞が収斂する。

恥ずかしくて嫌なのは本当なのに、太く長い塊がずちゅずちゅと蜜道を遠慮なく突き上げてくるのがなんとも気持ち良くて、誘うように腰を振ってしまう。

「こんな時間から私たちが淫らな行為に耽っているとは庭師も思っていないでしょうね。驚かせてしまうやもしれません」

「んっ……それはシリウス様が……ああんっ」

後ろから耳を丹念に嬲《なぶ》られると、お腹の奥がきゅんと疼く。

「ええ、私が我慢できずにあなたに悪戯したのがきっかけでしたね。ですがセレネ、あなたも悪いのですよ。期待するような目で私を見つめて。あんな目で見られて、私が無視できると本当に思いましたか?」

「そんな……期待なんてしていないです……」

午前ののんびりとした時間帯。主室で互いに読書をしていただけだ。カーテンの隙間から漏れる光を浴びてソファで寛ぐシリウス様はまるで絵画に描かれる一場面のように美しく、やはり私だけの王子様だとうっとり見惚れていたのだが、それがいけなかったのだろうか。

視線が合ったシリウス様ににっこりと微笑まれ、手招きされ、大喜びで寄っていった途端ぱっくりと食べられてしまった。そして今に至っているのだ。

「んんっ……」

入り口の方で浅く突かれて、物足りなさに腰が揺れた。

もっと奥を突いて欲しい。毎日のようにシリウス様に抱かれた身体は、緩い刺激では満足できなくなっていた。

「シリウス様……お願いします……そこではなく……もっと奥を……」

窓に手をついたままそう強請ると、シリウス様が「それなら」と言った。

「期待していたと言いなさい。私に抱かれたかったのだと。どんな場所でもいつでも私に抱かれたいのだと言えれば、あなたの望み通りの場所をたくさん突いてあげますよ」

「そ、そんな……」

そんなことを言えば、本当にところ構わず抱かれてしまう。今のシリウス様ならそれくらいしかねない。ただでさえ、朝となく夜となく抱かれているというのにこれ以上は本当に身体が保たない。

「んんっ……」

「ほら、もっと気持ち良くなりたくはありませんか？」

亀頭だけを媚肉に押し込み、浅い場所だけで抽挿するシリウス様。

胸に手を伸ばしてきたが、それも中途半端に乳房をこね回すだけで先端に触れてくれない。

「やあっ……意地悪しないで下さい……」

「意地悪だなんて、私は愛しい妻を可愛がっているだけですよ？　心外ですね」

「だったら……こんな……」

中途半端な真似は止めて欲しい。訴えるようにシリウス様の方を振り向くと美しい笑みを浮かべた夫が私をじっと見つめていた。

「セレネ」

「あ……んっ」

唇が塞がれる。熱い粘膜が口内を這い回り、くすぐっていく。歯裏や頬の裏側までも丁寧に刺激され、次第に唾液が口の中に溜まっていった。

シリウス様が唇を離す。唾液の糸が伝い、銀色に光っていやらしい。口内に流し込まれた唾液をこくんと飲み干すとシリウス様は「さあ」と言った。

「私の愛するセレネ。いつまでも夫にこんな辛い思いをさせないで下さい。あなたの奥を感じたい。だからほら、言って」

ぞわりと背中が期待で震えた。

唇を震わせながら、私はシリウス様の望む言葉を紡いだ。

「き、期待していました……私、いつでもシリウス様に抱かれたいです。シリウス様、お願いです。もう、我慢できません。奥をたくさん突いて下さい……んアっ」

途端ずんっと一番奥深くまで怒張が埋め込まれた。望んだものを穿たれ、膣肉が悦びに震えているのが分かる。

「良いでしょう。少し物足りませんが合格点を上げますよ。ほら、あなたの望み通り奥を突いてあげます」

「あっ……気持ち良い……ですっ」

最奥を鋭く突かれ、私は涙を零して喜んだ。先ほどまで触れてもらえなかった胸の先端も同時に刺激され、もう片方の手で花芽を弄られる。

「ふあっ……あっ……良い、良いです、シリウス様っ」

「ええ、私もですよ、セレネ。あなたの中、私に吸い付いて離してくれません。こうやって腰を引くと、まるで追いかけてくるかのように中が蠢くのです。とても気持ち良いですね」

子宮口を何度も突き上げるシリウス様。その度に全身が痺れるような悦楽に襲われる。

胸の先をつねられるのも、花芽を押しつぶすようにこね回されるのもどちらも気持ち良くて、シリウス様に淫らに腰を押しつけてしまう。

「ああんっ……ああんっ……シリウス様、好きっ……もっといっぱい突いて下さいっ。奥、じんじんして気持ち良いですっ」

「他の部分を虐められるのは？」

「あ……好きですっ……もっとして欲しくて……」

ふふふと楽しそうにシリウス様は笑った。

「こんなに乱れて。今自分がどうやって抱かれているのかすっかり忘れていませんか？　朝から窓に身体を押しつけて、私に貫かれているのですよ？　庭師にあなたが淫らに腰を振る姿を見られているかもしれない。嫌なのではなかったのですか？」

現実を突きつけられ、私はふるふると首を横に振った。

「嫌、です……私、シリウス様以外にこんな姿見られたくありません……シリウス様だけ……シリウス様だけしかっ……」

激しく貫かれながらもそう答えると、シリウス様の動きが一瞬止まった。

「……っ！　あなたという人は。……大丈夫ですよ。私があなたのこんな姿を他の人間に見せるはずがないでしょう？　少し考えれば分かるはずです。向こうからこちらは見えません。誰も、私以外は誰もあなたを見ていませんから安心しなさい」

「あ……良かった……」

シリウス様にならどんな恥ずかしい姿を見られても構わない。だけど彼以外に見られるのは、いくら愛するシリウス様の命令でも嫌だった。ほっとした私を再びシリウス様が突き上げていく。

先ほどよりも上がった抽挿の速さに、シリウス様の限界が近いのだと感じる。

集中的に子宮口を強く穿たれ、私もまた上り詰めていく。

「あっあっあっあっ……奥っ、熱くてっ……シリウス様ぁっ」

「セレネ、セレネ……愛しています」

「私も、私もシリウス様を愛しています……んんんっ！」

ぐんと肉棒が押しつけられ、シリウス様の子種が注がれていく。

ゆっくりと腰を振りながらシリウス様は長い時間を掛け、私の中に全てを放った。肉棒が引き抜かれ、ごぽりと注がれた白濁が太ももを伝い落ちていく。

シリウス様が淫靡な笑みを浮かべる。眼鏡越しにサファイアのような美しい双眸が妖しく煌めいているのが見えた。

「ふふ、零してしまいましたね。……また夜の時間にたっぷり注いであげますから」

「はい……お願いします」

きっと夜までシリウス様が待つことはないのだろうなと思いながらも、私はこくりと頷いた。

◇◇◇

「ううう……腰が痛いわ」

ぐったりとベッドに倒れ込み、腰を押さえた。シリウス様は仕事があるとかで執務室の方へ行ってしまった。

毎日毎日これでもかというほどに愛されて、幸せだけれども溜息が漏れる。

眠いし疲れるし身体は痛いしで大変なのだ。

「ソレイユもこんな感じなのかしらね……」

結婚してから主に手紙でやりとりするようになった友人を思う。

疲れているから昼は寝ていたいのだと書いてきた彼女の疲れの理由をなんとなく悟ってしまい、ここにも同類がいたのかと思ってしまった。多分だが、ソレイユの方も同じことを私に感じているはずだ。

「ああ、そうだわ。せっかくだから気分転換に本でも読もうかしら」

最近いつもシリウス様と一緒なので、全然読書に励めていないのだ。

久々に以前愛読していた『溺愛のすすめ』という本を読もうと、悲鳴を上げる身体に鞭打って書棚に向かう。

大好きな新婚溺愛もの設定。

毎日旦那様であるヒーローに愛されて振り回されるヒロイン。いちゃいちゃした幸せな日々を送るだけのヤマもオチもない話なのだが、とにかく旦那様の溺愛ぶりがすごくて好きなのだ。

シリウス様がデレてくれる前は「こんな風に愛されたいー」と身悶えながら読んでいたものだが――。

「よく考えると、今の私って結構あの話と酷似しているわよね」

毎日溺れるほどに愛されている現状。考えてみればかなりはまる。

うーんと思いながらも、書棚を探った。

「えーと……あれ、ないわね」

書棚の奥までごそごそと漁るも、お目当ての本が見当たらない。

どこへ置いたのかとあちこち探していると、後ろから声が掛かった。

「捜し物はこれですか？」

「え」

振り返るとシリウス様が、まさに私が探していた本を持ってにこにこと立っていた。

どうしてシリウス様が官能系の恋愛小説を持っているのか分からず目をぱちくりとさせる。

「ど、どうしてシリウス様が……」

「いえね、せっかくですから私もあなたの好きなものを理解してみようと思いまして。ヘリオスを介してソレイユ殿に聞いてみたのですよ。そうしたらこれを紹介されました」

——ソレイユー‼

私は心の中で絶叫した。

本当に彼女は一体何をしてくれているのだ。私はショックのあまり倒れそうだった。

「え、えーと、その……。シ、シリウス様はそれを最後までお読みになったのですか？ま、まさかそんなことはないですよね？」

趣味として知られているのも恥ずかしいが、内容をがっつり把握されているのはもっと恥ずかしい。特に私の好みの本だと紹介されているのだからなおさら。

信じたくない一心で尋ねれば「一言一句漏らさず、最後まで熟読しましたよ」と笑顔で答えが返ってきた。

ひいいいいいい！

ああもう、今すぐどこに埋まりたい。

ぷるぷる震える私は最早瀕死状態だ。そんな私にシリウス様が言う。

「夫に溺愛される妻の話ですよね。あなたの憧れなのだとソレイユ殿からは聞いています。こんな小説を読まなくても、あなたの溺愛されたいという望みは夫である私が叶えてあげますから、安心して下さい」

「え……あの……」

「物語などに負けるわけにはいきませんからね」

にっこりと告げるシリウス様の顔はどう見ても本気だ。

もしかして、もしかしてだが、結婚してからのこの爛れた溺愛生活はシリウス様が小説に対抗していたからだと、そういうことなのだろうか。

「あ、あの……シリウス様。別に小説に対抗していただかなくても」

あれは物語なのだから誇張されているのだ。本気で対抗されたら身体が保たない……いや、すでに保っていない。

この機会に普通になってくれればと期待しての訴えだったのだが、シリウス様はしかし──と少し眉を寄せながら真面目に言った。

「読んでみて思いましたが、この男はまだまだ己の妻への愛し方が足りませんね。私ならもっと丁寧にどこまでも深く妻を愛しますのに」

「ひっ……」

小説の溺愛を物足りないと真顔で言うシリウス様が怖い。

あれも大概だったはずだ。現実では十分遠慮したいくらいには。

愕然としていると、シリウス様が私に近づきながら言った。

「小説なんて読む暇もないくらいに愛してあげます」

耳元で宣言するように告げられて、私は涙目でシリウス様を見上げた。

読む時間すら与えない――。

今、確実にそう聞こえた気がした。

そしてその響きだけで、私はシリウス様が本当に言いたいことがなんなのか分かってしまった。

多分だけれど、シリウス様は小説のヒーローにまで嫉妬したのだと、おそらくそういうことなのだ。

「セレネ？」

「シリウス様……少し心が狭すぎませんか？」

さすがに物語のヒーローにまで嫉妬されてはかなわない。

そう咎める口調で言うと、シリウス様は綺麗な笑みを浮かべた。

何も言い返すことのできない見惚れるほどの美しい笑み。それを浮かべ、シリウス様は私に告げる。

「セレネ、そんなこと、とうにあなたは知っていると思っていましたが？」

――さあ、子作りの時間ですよ？

抱え上げられ、ベッドに運ばれる。

いい加減腰の痛かった私は、やけになって叫んだ。
「も、もう、お腹いっぱいです！」
シリウス様のことはとても愛しているけれど、せめて今くらいは勘弁して欲しい。
私の魂の叫びをシリウス様が聞き入れてくれるのはいつの日か。
それは誰にも分からない。
そうして今日も私は溺れそうなほど、愛おしい旦那様に愛されている。

あとがき

まさかのティアラ文庫様から二冊目の出版となりました。

初めましての方も、お久しぶりの方もこんにちは。月神《つきがみ》サキです。

二回目のテーマは、肉食女子×敬語公爵様。

こんな感じで書き始めたはずなのですが……どうしてこうなったのか、ヒロインが大変残念な感じに仕上がってしまいました。

しかし、実に書きやすかったです。ヒロインもですが、特に眼鏡の公爵様が。

とても楽しく書かせていただきましたが、そのノリが伝わっていると嬉しいなと思います。

他作品でご存じの方もいらっしゃるかとは思いますが、私は明るいラブコメが大好きです。ついでにハピエン至上主義で、溺愛イチャイチャが大好物だったりします。

しんどいことの多い世の中、重い話はちょっと敬遠したいという気分の時だってあります。そんな辛い気持ちの時でも軽く読めて、ほっこり幸せな気持ちになれる話をお届けしたいと思っています。お疲れの中、軽い気持ちでお手にとっていただければ何よりです。

話は変わりますが、前回は一頁だったあとがきが今回はなんと二頁です。

非常に、非常にときめきますな！

実は私、あとがきが大好きでして。たくさんもらえると小躍りしたくなるくらいに喜びます。とはいってもたいしたことを書くわけでもないのですが。何故か妙に嬉しくなるのですよね。

そしてあっという間に頁が埋まる……。（もうなくなってきた）

ということで、残念ですが締めに参りましょう。

今回担当して下さった、イラストレーターのgamu様。

素敵な眼鏡公爵様をありがとうございました。カバーの眼鏡を押さえる公爵様の仕草に萌え殺されるところでした。

担当編集様に、出版社様、関係者各位。そしてお手にとって下さった読者の皆様方。本当にありがとうございます。お蔭で二冊目の刊行となりました。

深く感謝致します。

よろしければ感想、ご要望等いただけましたら幸いです。

お返事も年に二度ほどではありますがさせていただいておりますので、どうぞよろしくお願い致します。

それでは、また。お目にかかれますことを願って。

二〇一六年八月　月神サキ　拝

ILLUSTRATION GALLERY

口絵ラフ

表紙ラフ
（別パターン）

表紙ラフ

お堅《かた》い公《こう》爵《しゃく》様《さま》に迫《せま》ったら狼《おおかみ》に豹《ひょう》変《へん》して朝《あさ》まで離《はな》してくれませんっ！

ティアラ文庫をお買いあげいただき、ありがとうございます。
この作品を読んでのご意見・ご感想をお待ちしております。

✦ ファンレターの宛先 ✦

〒102-0072　東京都千代田区飯田橋3-3-1
プランタン出版　ティアラ文庫編集部気付
月神サキ先生係／gamu先生係

ティアラ文庫&オパール文庫Webサイト『L'ecrin《レクラン》』
http://www.l-ecrin.jp/

著者――**月神サキ**（つきがみ　さき）
挿絵――**gamu**（ガム）
発行――**プランタン出版**
発売――**フランス書院**
〒102-0072　東京都千代田区飯田橋3-3-1
電話（営業）03-5226-5744
（編集）03-5226-5742
印刷――誠宏印刷
製本――若林製本工場

ISBN978-4-8296-6774-3 C0193

ティアラ文庫

♥ 好評発売中! ♥

Tia6735

原稿大募集

ティアラ文庫では、乙女のためのエンターテイメント小説を募集しております。
優秀な作品は当社より文庫として刊行いたします。
また、将来性のある方には編集者が担当につき、デビューまでご指導します。

募集作品

H描写のある乙女向けのオリジナル小説（二次創作は不可）。
商業誌未発表であれば同人誌・インターネット等で発表済みの作品でも結構です。

応募資格

年齢・性別は問いません。アマチュアの方はもちろん、
他誌掲載経験者やシナリオ経験者などプロも歓迎。
（応募の秘密は厳守いたします）

応募規定

☆枚数は400字詰め原稿用紙換算200枚〜400枚
☆タイトル・氏名（ペンネーム）・郵便番号・住所・年齢・職業・電話番号・
メールアドレスを明記した別紙を添付してください。
また他の商業メディアで小説・シナリオ等の経験がある方は、
手がけた作品を明記してください。
☆400〜800字程度のあらすじを書いた別紙を添付してください。
☆必ず印刷したものをお送りください。
CD-Rなどデータのみの投稿はお断りいたします。

注意事項

☆原稿は返却いたしません。あらかじめご了承ください。
☆応募方法は郵送に限ります。
☆採用された方のみ担当者よりご連絡いたします。

原稿送り先

〒102-0072　東京都千代田区飯田橋3-3-1
プランタン出版「ティアラ文庫・作品募集」係

お問い合わせ先

03-5226-5742　　プランタン出版編集部